COLLECTION SÉRIE NOIRE
créée par Marcel Duhamel

Nouveautés du mois

2135 — LA DAME BLANCHE
(EUGENE IZZI)
... fait des enfants tarés.

2136 — LES DENTS LONGUES
(MARVIN ALBERT)
... et les idées courtes.

2137 — LE SPECTRE DE LA ROSE
(THOMAS HAUSER)
Un tueur propre et net?

2138 — LE FOU AU FLINGUE
(MICHAEL COLLINS)
ou le feu au fût.

THOMAS HAUSER

Le spectre de la rose

TRADUIT DE L'AMÉRICAIN
PAR MICHEL DEUTSCH

nrf

GALLIMARD

Titre original :

DEAR HANNAH

Pour Lise et Bob

PREMIÈRE PARTIE

1

Ethel avait les magasins Bloomingdale en horreur. C'était trop grand, il y avait trop de monde. Elle pensait toujours, quand elle devait y aller, qu'il fallait qu'elle se mette sur son trente et un et se maquille rien que pour en passer les portes. L'atmosphère de carnaval, le bruit : tout cela l'intimidait. Toutes les démonstratrices semblaient résolues à l'asperger de parfum, à lui faire essayer des lotions diverses ou à lui barbouiller les paupières en bleu. Par-dessus le marché, ça grouillait de jolies femmes d'une élégance exquise et infiniment plus désirables qu'elle.

« Sois sophistiquée, se dit-elle en franchissant l'entrée de Lexington Avenue. Tu as vingt-neuf ans, tu es intelligente et tu es sortie de l'université Bryn Mawr. Tu n'as aucune raison de manquer tellement de confiance en toi. »

Et pourtant, en passant devant les vitrines où étaient exposées des montres pour dames et en montant les quelques marches conduisant à l'étage principal, elle manquait terriblement d'assurance. Ce magasin lui donnait le vertige. A gauche, des escaliers roulants ; à droite, la parfumerie. Et, plus loin, un alignement apparemment sans fin de rayons débordant de produits de beauté et d'articles de toilette. Ne pose surtout pas les yeux sur les autres clientes ! Ne les regarde pas ! On aurait dit que la moitié des modèles de l'agence Eileen Ford s'étaient donné rendez-vous ici. Des jambes qui n'en finissaient pas, des visages de cover-girls qui contrastaient avec la frimousse gentillette et les cuisses un peu lourdes d'Ethel.

— Les cravates pour hommes ? demanda-t-elle à une vendeuse.

— Tout droit, au fond du magasin.

Toujours aussi intimidée, Ethel passa devant d'innombrables rayons chargés de tubes de rouge à lèvres, de poudre, d'eau de Cologne, de boîtes de fard, de démaquillants, d'atomiseurs, de lotions, de shampooings et de sels de bain. L'envie la prenait de semer des miettes de pain sur son passage pour retrouver son chemin.

Continue ! Les pyjamas. Les chemises d'hommes. Yves Saint-Laurent, Calvin Klein, Vincente Nesi, Pierre Cardin. Enfin — tout au fond, effectivement —, elle trouva le rayon des cravates pour hommes, relative oasis de calme située près de la porte donnant sur la 3e Avenue. Une galaxie de cravates. Sur des présentoirs. Dans des vitrines. Des cravates à pois, des cravates à ramages. Père avait fait Harvard et mère avait chargé Ethel de choisir une cravate à l'occasion de la prochaine réunion des anciens élèves, la quatorzième depuis sa sortie.

— Une cravate aux couleurs de l'école, mais pas trop voyante, avait-elle précisé.

Après un temps de réflexion, Ethel eut l'œil attiré par une cravate cramoisie à fines rayures blanches. Elle la prit et, la soulevant, l'examina à la lumière. Ce fut alors qu'elle remarqua le garçon qui se tenait à côté d'elle.

— C'est une bien jolie cravate, dit-il.

— Merci.

Il ne la suivit pas, mais s'éloigna sans se presser. Pas mal, songea Ethel. Un mètre quatre-vingt-cinq, peut-être même un peu plus, une physionomie avenante, dans les trente-cinq ans, les cheveux châtains. Elle s'en voulut un peu de l'avoir laissé partir. L'avait-elle intéressé ? Bien sûr que oui, idiote ! Les hommes ne se contentent pas comme ça d'admirer les cravates.

Elle régla. La cravate coûtait vingt dollars. Vingt et un soixante-cinq taxes comprises. C'était encore là un inconvénient de chez Bloomingdale : c'était cher. Après avoir fait la queue à la caisse pour qu'on lui fasse un paquet-cadeau, elle sortit enfin par la porte donnant sur la 3e Avenue en se disant que, somme toute, l'épreuve aurait pu être pire.

Et l'admirateur de cravates était là, sur le trottoir.

— Est-ce que vous me suivez ? l'interpella Ethel.

— Plus ou moins.

Que répliquer ? « Vous êtes un menteur » ? Ce n'était pas la formule appropriée puisqu'il disait la vérité. Et s'il fallait qu'elle soit elle-même franche et sincère, force était à Ethel de reconnaître que sa vie sociale avait été plutôt plate et monotone ces derniers temps. Et que ce type avait l'air gentil.

— Qu'entendez-vous par « plus ou moins » ?

— Eh bien, j'étais dans le magasin. Je vous ai vue et... que voulez-vous que je vous dise ? Vous m'avez plu... Je me présente : Arnold Tinsley.

— Bonjour, Arnold. Je m'appelle Ethel Purcell.

Ce ne sont pas des noms qui sortent du commun, songea-t-elle. Il y avait Arnold Stang, Arnold Schwarzenegger. Ethel Kennedy, Ethel Merman, Ethel Barrymore.

— Ça vous dirait qu'on fasse quelques pas ensemble ? s'enquit Arnold.

— Pourquoi pas ?

Après tout, il fallait qu'elle fasse connaissance avec des gens, à New York, et que ce soit chez Bloomingdale ou ailleurs... Arnold avait-il cherché à draguer une fille plus séduisante et s'était-il rabattu sur elle après avoir essuyé une rebuffade ?

— Où voulez-vous que nous allions ?

— Remontons la 3e Avenue.

De cette façon, s'il se révélait que la conversation devenait fastidieuse, en atteignant la 70e Rue, elle serait chez elle. Mais, à sa grande surprise, la conversation ne s'avéra nullement fastidieuse. Il était sympathique, ce garçon ! Plus le temps passait, plus elle le trouvait charmant, gentil et spirituel. Il la fit même rire à un moment donné.

— La plupart des gens envoient des cartes postales quand ils sont en voyage ou en vacances, lui dit-il. Lorsque ma mère se rend en Europe, deux jours après son départ, je reçois une enveloppe bourrée de polices d'assurance-vie qu'elle a achetée au distributeur automatique de l'aérogare.

— Je sais ce que vous voulez dire. Chaque fois que je fais un voyage, mon premier soin en rentrant est de téléphoner à mes parents. Ma mère a toujours peur d'un accident d'avion. Je pourrais prendre le car, mais elle aurait peur qu'un avion s'écrase dessus.

Ils s'entendaient tous les deux comme larrons en foire, en définitive. Un gars sympa.

Ils finirent par arriver à la hauteur de la 71e Rue. L'appartement d'Ethel n'était qu'à un bloc de là.

— Vous voulez monter prendre quelque chose ? proposa-t-elle à Arnold.

— Avec plaisir.

Elle habitait au troisième. Il n'y avait pas de concierge. Ils prirent l'ascenseur. Une fois à l'appartement, Ethel demanda à son compagnon ce qu'il voulait boire. Un jus d'orange, répondit-il.

— Installez-vous et faites comme chez vous.

Il s'assit dans un fauteuil — pas sur le divan : encore un signe indiquant que ce n'était pas un dragueur.

— Ma mère est vraiment un personnage, fit Arnold, reprenant la conversation là où elle s'était arrêtée. Le mois dernier, elle m'a téléphoné pour me demander si, par hasard, je n'étais pas tombé dans le coma parce qu'il y avait une semaine que je ne l'avais pas appelée.

— Nous sommes faits pour nous comprendre ! Tenez, la mienne...

C'est alors qu'Ethel vit le couteau.

— N'approchez pas ou je hurle !

C'était stupide de dire ça parce qu'il fallut au moins deux secondes pour que ces mots lui sortent du gosier et il lui appliquait déjà la paume de la main sur la bouche. Elle aurait dû commencer par hurler. Encore que cela n'aurait rien changé.

Il y avait donc vraiment des choses comme ça qui arrivaient dans la vie. Ethel sentit la lame pénétrer dans sa chair. Ça lui arrivait à elle.

*

Hannah avait toujours été une indésirable. Et voilà que, tout à coup, tout le monde paraissait se bousculer pour s'approcher d'elle. Mais ce n'était pas sa faute. Elle n'y était pour rien. Elle avait commencé à être une intruse avant même d'avoir eu le temps de se rappeler grand-chose d'autre.

Elle avait deux ans quand son père était mort. Exactement au moment voulu pour traumatiser un enfant ; encore que, se disait-elle, l'âge ne fait rien à l'affaire lorsqu'il s'agit de la mort d'un parent. Durant l'année qui suivit, chaque fois que sa mère sortait, c'était immanquablement le même dialogue qui s'engageait :

— Reviens à la maison, maman — s'il te plaît !

— Maman rentrera à la maison, c'est promis.

Six jours avant le troisième anniversaire d'Hannah, un chauffard ivre brûla un feu rouge et maman ne rentra pas. La police vint prévenir la baby-sitter et emmena Hannah chez ses grands-parents qui habitaient à soixante-cinq kilomètres de là. Aujourd'hui encore, à trente-cinq ans, Hannah se rappelait la tête qu'avait fait sa grand-mère lorsque les policiers lui apprirent que sa fille était morte. D'abord, une expression de chagrin et de douleur. Et puis, mammy avait réalisé qu'il fallait que quelqu'un s'occupe d'Hannah et que ce quelqu'un ne pouvait être qu'elle. Et papy.

Hannah, âgée de trois ans moins six jours, se tenait devant elle, effrayée, affolée, serrant son nounours de toutes ses forces. Mammy la contempla fixement — ça dura une éternité —, puis murmura :

— Oh, merde. Je n'en veux pas, de cette enfant.

La demeure où Hannah grandit auprès de ses grands-parents était située dans le nord de l'Ohio. Papy était banquier. Il avait hérité de trop d'argent et avait largement fait grossir son patrimoine sa vie durant. Mammy était issue d'une grande famille et les choses matérielles de l'existence n'avaient pas de secrets pour elle. Le manoir avait été construit au début du siècle, en face du lac Hume. Il comprenait deux étages comportant huit chambres à coucher, un salon de la taille des salles de la plupart des restaurants, une salle à manger, une cuisine, un office et les logements des domestiques. Le domaine aménagé en parc était fleuri du mois d'avril au mois de septembre. Comme la résidence était située sur une hauteur, on avait, de sa véranda en équerre, une vue admirable sur le paysage environnant. L'été, avant le dîner, mammy et papy venaient y contempler en buvant un verre le coucher du soleil qui faisait miroiter la surface du lac derrière le verdoyant rideau d'arbres.

Mais Hannah était interdite de véranda : à cette heure-là, celle-ci était le domaine exclusif des grandes personnes. Elle n'avait pas le droit, non plus, d'inviter ses petits camarades à la maison. Ni de porter le nom de ses grands-parents. « Tu t'appelles Hannah Wade, lui disaient-ils. C'est ce nom qui t'a été donné quand tu es née. Nous sommes tes grands-parents, pas tes parents. Nous nous appelons Milburn. Ta mère et ton père qui sont au ciel seraient très fâchés si tu changeais de nom. »

Un jour — elle avait quatre ans —, Hannah attrapa un poisson dans le lac. Elle décida de l'adopter et l'installa dans une grande baignoire au fond du garage. Mammy donna l'ordre à la bonne de le faire cuire pour le dîner. Et comme la bonne s'y refusa, elle le fit cuire elle-même. Un matin de novembre — il y avait de la gelée blanche sur le sol —, son grand-père secoua Hannah pour la réveiller. « Regarde par la fenêtre ce que papy t'a apporté. » Dehors, un chevreuil était suspendu à un arbre, tué d'une balle en pleine tête. Du sang coulait encore de la blessure.

Ils punissaient Hannah parce qu'elle était vivante.

Ils la déchiraient, ils la fouaillaient. Ils se moquaient éperdument qu'elle meure ou qu'elle survive. Or, à six ans, alors qu'elle pensait qu'elle ne pourrait pas en supporter davantage, elle fit la connaissance de Miss Bridges et tout son univers bascula. Parce que Miss Bridges l'aimait. Et elle lui apprit à danser.

La rencontre eut lieu à l'école une semaine avant les vacances de Noël. Rebecca Bridges était venue projeter un film du ballet *Casse-Noisette,* pour expliquer aux enfants ce qu'était le ballet et recruter des élèves pour son cours de danse. On ne savait pas grand-chose d'elle. Elle venait de New York, elle avait appris la chorégraphie avec un monsieur qui s'appelait Balanchine, elle avait quarante ans, elle était célibataire et elle s'était installée dans l'Ohio depuis peu. Elle vivait en compagnie d'une autre femme avec laquelle les gens croyaient (à tort) qu'elle entretenait des rapports d'amitié purement platonique.

Jamais Hannah n'avait rien vu d'aussi beau que *Casse-Noisette.* C'était quelque chose de féerique. En regardant les danseurs, elle se dit qu'elle voulait être comme eux. Bientôt, Miss Bridges lui donna ses premières leçons. Au début, il ne s'agissait que d'exercices simples, que de suivre la musique d'une manière techniquement correcte. Hannah avait une capacité d'attention extraordinaire pour une enfant de son âge. De sept à neuf ans, sa formation exigea davantage de discipline et un travail musculaire plus poussé pour acquérir les attitudes de base. A neuf et dix ans, les choses devinrent encore plus complexes et réclamèrent des efforts plus pénibles, aussi bien physiques qu'intellectuels. A onze ans, Hannah apprit à faire les pointes.

Très peu d'enfants sont doués pour la danse. Hannah était une étoile. Pour elle, le ballet était un monde peuplé de cygnes et de fleurs, une merveilleuse voie d'évasion pour fuir la laideur qui avait marqué jusque-là toute son existence. Rebecca Bridges devint sa « mère ». Ses seuls amis étaient les autres élèves du cours. Elle se donnait totalement à son rude apprentissage, consistant à prendre des positions impossibles, à se contorsionner pour habituer ses muscles aux attitudes invraisemblables qu'impose la chorégraphie. A la maison, elle souffrait de migraines et dormait par terre au lieu de dormir dans son lit. Au cours, tournoyant souplement dans la salle, les cheveux dénoués, elle était danseuse étoile.

A l'école, elle représentait une énigme pour ses condisciples. Elle n'était à leurs yeux qu'une fille qui venait en classe, qui obtenait de meilleurs résultats qu'eux et qui habitait une grande maison dominant le lac Hume. Personne n'était capable de percer le masque charmeur qui dissimulait son moi profond. A l'âge où l'on commence à s'intéresser aux filles, les garçons reconnaissaient qu'Hannah était belle, mais étrangement inaccessible et ils gardaient tous leurs distances. En terminale, elle était la coqueluche de toute la population masculine du lycée Davis : un mètre soixante-trois, cinquante kilos, de longs cheveux châtains et des traits qui étaient la perfection même. Aucun élève n'avait jamais vu une fille aussi superbe qu'Hannah Wade et une bonne partie du corps enseignant (de sexe mâle) était pareillement fou d'elle. Ses camarades de classe étaient unanimes : elle avait tous les attributs physiques imaginables, exception faite d'une poitrine épanouie. Et puis, ses seins se mirent à grossir, à acquérir une forme et un modelé sans défaut. Hannah se prit alors à les détester parce que le ballet est un art visuel et que la silhouette compte. Le talent n'est pas tout. Une danseuse doit être parfaitement proportionnée et ses seins risquaient de tuer sa carrière dans l'œuf. Il n'existe pas de danseuses classiques aux seins provocants. Si ses seins continuaient de se développer, sa vie tout entière serait compromise.

Grâce au ciel, ils finirent par arrêter de croître. Un peu forts, mais possibles. Quand Hannah eut terminé ses études secondaires et décroché son diplôme, Rebecca Bridges (qui se mourait d'un cancer) s'arrangea pour qu'elle passe une audition à l'American Ballet Theater, à New York. Elle réussit. Naturellement : c'était une étoile, cela sautait aux yeux. Personne n'avait jamais paru aussi ensorcelant qu'elle dans un maillot imprégné de sueur. Même ses cals et les ongles de ses orteils passés au vernis noir faisaient bon effet. Mais ce qui était infiniment plus important, c'était le fait que, comme danseuse, Hannah était aussi proche de la perfection qu'une jeune fille de dix-sept ans nantie du bagage limité qui était le sien pouvait se targuer de l'être.

Suivirent quatre années d'entraînement rigoureux. Rebecca Bridges mourut. La grand-mère aussi. Hannah pleura la première, pas la seconde. Elle vécut quelque temps avec un étudiant qui était follement amoureux d'elle, mais elle le quitta au bout de huit mois. Toute son énergie était mobilisée par la danse : elle n'avait pas de temps à consacrer à l'amour. A vingt et un ans, elle était mûre pour entamer sa carrière : le moment qui est la raison d'être de tout artiste.

C'est alors qu'apparurent ses spasmes dorsaux.

Presque tout le monde a à la base de la colonne vertébrale cinq vertèbres lombaires et, en dessous, sept autres soudées qui forment le sacrum et le coccyx. Après avoir procédé aux examens, les médecins apprirent à Hannah qu'elle avait une légère malformation. « C'est une chose très courante, lui expliquèrent-ils. La plupart des gens qui en sont atteints ne s'en rendent même pas compte. »

Mais la plupart des gens ne sont pas des danseurs. Tout d'abord, Hannah tâta de la kinésithérapie. Puis elle essaya de se forcer à danser, malgré la souffrance. Mais les douleurs empirèrent et, à vingt-deux ans, elle dut se rendre à l'évidence : sa carrière prenait fin avant même d'avoir vraiment commencé. Compte tenu de la gravité de son problème physique, personne ne parvenait à comprendre ce qui l'avait motivée pour être allée aussi loin qu'elle était allée.

Les treize ans qui suivirent n'eurent pas réellement d'importance. C'était ce qu'elle se disait parfois quand elle avait le moral particulièrement à plat. Elle épousa un homme qui avait pour habitude de caresser des yeux la poitrine des femmes : c'était sa façon de leur serrer la main. Il ne la traitait en amoureux qu'au lit et ils divorcèrent au bout de dix mois. Il y eut d'autres hommes dans la vie d'Hannah, mais quelle que fût la nature de leurs relations, elle cherchait toujours autre chose.

Son grand-père mourut à son tour... sans lui laisser un sou. Pour subvenir à ses besoins — et parce que cela lui plaisait —, Hannah se mit à enseigner la danse aux enfants. Sans diplômes universitaires, elle ne pouvait pas faire grand-chose d'autre, pensait-elle. Elle regrettait souvent de ne pouvoir faire revenir Rebecca Bridges sur terre — ne fût-ce qu'une journée — pour parler avec elle, lui poser des questions sur la vie. Parce que la vie était trop compliquée. Rien n'est jamais absolument parfait : c'était une chose que la danse lui avait apprise. Il y a toujours une pirouette trop lente ou un écart auquel il manque un degré. Il en allait probablement de même pour la vie, mais avoir trente-cinq ans, être orpheline, sans être aimée de personne, c'était trop. C'était intolérable. Peut-être n'y avait-il pas de réponse. Peut-être qu'au lieu de se poser des questions métaphysiques sur la vie et la mort, le bonheur et l'amour, elle ferait mieux de commencer par de petites choses, des questions dont la réponse est immédiate. Par exemple, qu'est-ce c'est que ce truc-là ?

A l'abri dans son appartement, Hannah fixa les

yeux sur la boîte en carton posée devant elle sur la table de la cuisine. Il s'agissait très vraisemblablement d'une blague. D'une blague idiote. Il n'y avait aucune raison de s'effrayer, mais ce paquet lui faisait peur. Il était arrivé par le courrier, emballé dans du papier kraft avec son nom et son adresse écrits en majuscules d'imprimerie. Sans adresse d'expéditeur. A l'intérieur, il y avait la longue tige d'un vert brunâtre d'une rose décapitée. Et, piquée à une de ses épines, un carton blanc portant en capitales cette inscription : LCASRQLNCP.

*

Toute la journée, Richard Marritt avait pressenti l'arrivée des ennuis. Le fait d'avoir été flic pendant dix-neuf ans, dont les onze derniers comme inspecteur dans le district de Manhattan-Ouest, lui avait fait acquérir un sixième sens pour ce genre de choses. En soi, cette journée n'avait guère été qu'une journée de routine. A sept heures, après avoir embrassé sa femme, il était allé prendre le métro (il habitait Queens). Il avait fantasmé pendant une bonne partie du trajet, rêvant qu'il jouait au base-ball en première division. A une ou deux reprises, il s'était dit qu'il aimerait bien être plus vieux de deux mois : en juin, il aurait vingt ans de bons et loyaux services et il pourrait alors prendre sa retraite en touchant soixante-quinze pour cent de son salaire. Ce qui n'empêchait pas Marritt d'être un bon flic. Etre flic, c'était son boulot. Cause toujours ! La retraite anticipée, il savait qu'il ne la prendrait pas.

Au commissariat, il passa plusieurs heures dans son bureau du premier étage à compulser des dossiers avant de discuter le coup avec Jim Dema qu'on lui avait donné comme adjoint. Cela faisait quatre ans que Dema était dans le métier. Les deux hommes étaient on ne peut plus différents l'un de l'autre, mais ils formaient une bonne équipe. Marritt — quarante-quatre ans, un mètre soixante-quinze, noir de poil — avait deux fils, Jonathan, dix ans, et David, huit ans, qui faisaient sa fierté. Dema avait vingt ans de moins que lui, il était grand et mince, il avait les cheveux blonds... et était homo. En apprenant quels étaient les goûts de son coéquipier, Marritt n'avait guère eu envie de travailler avec lui. Mais Dema se défendait bien et, au bout du compte, Marritt en avait pris son parti.

Après déjeuner, il s'était remis à sa paperasserie. Un peu avant deux heures, un collègue était entré pour lui demander son avis sur un coup de filet imminent contre les trafiquants de drogue. A deux heures et demie, sa femme l'avait appelé pour lui demander de passer chez Zabar en rentrant. « Je sais qu'il y a des épiceries fines à Queens, lui avait-elle dit, mais il paraît que le saumon d'Ecosse de Zabar est extra. Pendant que tu y seras, ramène donc aussi du prosciotto.

— Qu'est-ce que tu reproches à l'épicerie de Kew Gardens ?

— Je t'en prie, Richard. Fais ce que je te demande.

Pas la peine de discuter, avait intérieurement soupiré l'inspecteur Marritt. Le ménage ne marchait pas mal du tout depuis quelque temps. Pas de quoi grimper aux rideaux mais ça se passait sans à-coups. Certains préfèrent la solution du triangle pour éviter l'affrontement direct. Quoi qu'il arrive, sa femme et lui pouvaient toujours parler.

Son service prenait fin à cinq heures. En sortant du commissariat, il acheta le *New York Post* avant de tourner dans la 80e Rue où Zabar avait trois vitrines à l'ouest de Broadway. Dans le magasin, cela sentait le café fraîchement moulu. Des bocaux, des terrines, des chapelets de saucisses qui pendaient au plafond... C'était bondé. Il y avait trop de gens qui se bousculaient et pas assez d'espace vital pour tout le monde. Après avoir eu raison d'un labyrinthe de fromages, Marritt arriva enfin au rayon charcuterie, tout au fond du magasin. Un haut-parleur appelait les numéros : « Soixante-quatre... soixante-cinq... ». Il jeta un coup d'œil à la ronde, repéra le distributeur au bout du comptoir et tira le numéro soixante-dix-neuf. Autrement dit, il y avait quatorze personnes avant lui. Il maugréa et, n'ayant rien de mieux à faire, il déplia son journal et se mit à le parcourir. Un habitant de Brooklyn avait gagné deux millions de dollars au loto de l'Etat de New York. Le Pentagone avait payé un cendrier en plastique 659 dollars et un marteau 435. Une jeune femme de vingt-neuf ans avait été tuée d'un coup de couteau dans son appartement de Manhattan-Est. Le quotidien publiait la photo de la victime accompagnée du texte suivant :

> *Ethel Purcell, vingt-neuf ans, employée chez un agent de change, a été retrouvée hier soir égorgée dans le studio qu'elle occupait, 310 East Street, à Manhattan. Selon la police, le cadavre de la victime a été découvert à la suite du coup de téléphone d'une amie au gardien d'immeuble pour lui signaler...*

« Soixante-treize... soixante-quatorze... ». Le haut-parleur continuait d'égrener sa litanie arithmétique.

Marritt lut l'article jusqu'au bout et arriva à la conclusion que l'humanité prise dans son ensemble, c'était bien joli, mais que les parties constitutives du tout n'étaient pas tellement ragoûtantes. Heureusement que ce meurtre avait été commis dans un quartier dépendant d'un autre commissariat. Enfin, on appela son numéro. Un commis en tablier blanc qui ressemblait à Ed Koch l'interrogea du regard.

— Je voudrais une livre de prosciutto, s'il vous plaît.

— Quelle variété ?

— Eh bien... je ne sais pas. Disons de l'ordinaire.

— Nous n'en faisons pas. Nous avons du San Pietro, du Wolf, du citterio... (Cela continua encore un bon bout de temps. Mais tout a une fin :) Mais ne nous perdons pas dans les détails. Vous voulez du prosciutto made in U.S.A. ou de l'importé ?

— De l'importé, il me semble.

— Je vous sers.

Tandis que le vendeur coupait les tranches de prosciutto, Marritt passa en revue ce qui était en montre sous la vitrine. Aubergines farcies, pasta primavera, ratatouille, gnocchi en sauce, vingt sortes de pâtés... un choix infini.

— Et une demi-livre de saumon d'Ecosse, dit-il quand le prosciutto eut été dûment enveloppé.

— Je regrette, mais c'est à un autre rayon que ça se tient.

Marritt jeta un coup d'œil à sa montre. Tout en bougonnant, il traversa le magasin, alla chercher un autre numéro à un autre distributeur et refit la queue à la poissonnerie. Finalement, une demi-heure après son entrée dans le magasin, il se fraya un chemin vers l'alignement des caisses enregistreuses. Il y en avait trois d'ouvertes. Il choisit celle du milieu parce que les deux derniers couples de la file d'attente avaient l'air d'être ensemble, ce qui accélérerait les choses. Les deux hommes avaient la cinquantaine passée, leurs compagnes respectives quelques années de moins. Marritt estima que c'étaient des couples mariés. L'une des femmes s'éloigna tandis que les autres continuaient de discuter. Ils avaient le verbe haut et, à en juger par les bijoux qu'ils exhibaient, ils avaient du pognon. L'un des hommes — on l'appelait « Bernie » — portait une veste de sport à carreaux et une cravate rosâtre à losanges.

C'était lui qui parlait le plus fort. Quand son tour arriva, il demanda à la caissière du pain de seigle en tranches, ce qui prit encore deux minutes. Et quand la caissière eut fait son compte, sa femme reparut avec encore quelques articles de plus.

— Et un croissant, fit Bernie.

La caissière refit le nouveau compte, rajouta le croissant et annonça « quarante-huit dollars et sept *cents* ». Bernie sortit son portefeuille.

— Qu'est-ce que tu fais ? s'enquit le deuxième homme.

— Je paie, tiens !

— Pas question. Aujourd'hui, c'est moi qui régale.

Cela faisait maintenant trois quarts d'heure que Marritt avait franchi les portes du magasin. Le débat — lequel des deux allait payer ? — se prolongea plusieurs minutes. Enfin, Bernie capitula :

— D'accord pour cette fois, Henry. Mais la prochaine, ce sera mon tour.

Henry régla avec une carte de l'American Express. La caissière dut en conséquence établir le relevé. L'opération prit encore trois minutes. Tout paraissait donc enfin réglé quand une annonce tomba du haut-parleur : « Mesdames et messieurs, votre attention, s'il vous plaît. Les magasins Zabar font une offre spéciale à leur aimable clientèle. Ils vous proposent des croissants valant quatre-vingt-neuf *cents* au prix de soixante-neuf *cents* seulement. Prenez-en aux caisses avant de sortir. »

Bernie regarda fixement la caissière.

— Oh merde ! murmura Marritt. Il ne manquait plus que ça !

— Ecoutez-moi, mon petit, commença Bernie. Nous venons de vous laisser pas loin de cinquante dollars. Est-ce que nous n'avons pas droit à la réduction sur le croissant ?

La caissière haussa les épaules.

— Je suis désolée, monsieur, mais la remise ne s'applique qu'aux croissants achetés après l'annonce.

— Ça vaut peut-être pour certains, mais je suis sûr que la réduction est valable pour des clients comme nous.

Marritt consulta à nouveau sa montre. Cinquante-cinq minutes. Et le compte à rebours continuait.

— Je suis navrée, monsieur, la politique du magasin est tout à fait claire sur ce point.

— Dans ce cas, je voudrais parler au directeur. Peut-être que nous pourrons la modifier, cette politique.

— Monsieur, je vous assure...

— Mon petit, je n'ai rien à faire de vos assurances. Ce que je veux, c'est le remboursement de ces vingt *cents*. Et...

Cette fois, la coupe était pleine ! Marritt interrompit Bernie :

— Ecoutez, mon vieux. Vous avez fait vos courses. Vous avez payé. Maintenant, il serait peut-être temps que vous dégagiez et que vous laissiez madame faire son travail.

— En quoi ça vous regarde ?

— Je voudrais rentrer chez moi, si vous voulez savoir. Et j'ajouterai pour votre information que je suis flic. Alors, ne commencez pas à faire le mariole. (Il fouilla dans sa poche et en sortit une pièce de vingt-cinq *cents*.) Tenez, Bernie, voilà vingt-cinq *cents*. Faites-moi plaisir : prenez-les, ne pensez plus à cette histoire de prix de faveur et gardez la monnaie.

— Et il l'a gardée, conclut Marritt après avoir relaté l'épisode Zabar à sa femme. Il a gardé la monnaie, la vache !

2

Deux mois plus tard. Un mardi de juin. Le soleil de cette fin de journée éclairait le studio au milieu duquel se tenait Hannah Wade en collant noir, entourée d'un cercle de petites filles âgées de six à huit ans. Comme elle, elles portaient des maillots, des collants, des chaussons Capezio et un bandeau de cuir souple à élastique maintenait leurs cheveux. Plus tard, quelques-unes d'entre elles passeraient au stade des chaussons de pointe, mais faire des pointes trop tôt pouvait abîmer les pieds d'un enfant. D'où ces espèces de pantoufles qu'elles mettaient pour le moment.

Le studio était une salle spacieuse au premier étage d'un loft du bas de Manhattan. Un mur en était entièrement revêtu d'un miroir et une longue barre de chêne courait d'un bout à l'autre. Il y avait une seconde pièce, plus petite, réservée aux parents qui n'avaient pas le droit d'entrer dans le studio pendant les leçons. Hannah le louait deux heures par jour cinq jours par semaine à raison de vingt dollars l'heure. Avec, en moyenne, dix élèves par classe payant chacune huit dollars la leçon, elle se faisait trente mille dollars par an. Pas mal pour ce qui n'était fondamentalement qu'un travail à temps partiel, mais elle ne volait pas son argent. Les enfants l'adoraient et elle était bon professeur.

— Bien, les enfants. On va faire un peu d'échauffement. Diana, je ne veux pas te voir mâchonner du chewing-gum. Allez, quatre pliés en première position... Stephanie, relève la tête... Daniele, redresse-toi. Cambre les reins.

Après un quart d'heure d'exercices, Hannah passa à l'explication des attitudes, puis elle corrigea le maintien des élèves qui essayaient de l'imiter :

— Très bien, Gita, mais il faut que tu accompagnes un peu plus ton bras avec la tête... Joanna, laisse ta main tomber naturellement au bout de ton poignet, et ne prends pas cet air malheureux... Cathy, tu travailles de mieux en mieux.

Les vingt dernières minutes furent consacrées à l'utilisation créative des mouvements combinés que l'on venait d'apprendre. Les enfants, partant d'un coin, allaient et venaient dans la pièce, levant les bras comme des pétales se balançant au vent : elles étaient censées être des fleurs.

La leçon terminée, Hannah passa à la suivante. Cette fois, il s'agissait d'un groupe plus avancé de fillettes de huit à dix ans. A six heures, la journée fut bouclée.

Le printemps touchait à sa fin et, dans la rue, il faisait bon. En jean, un chemisier passé sur son maillot, Hannah se dirigea vers le métro de la 7e Avenue, indifférente aux regards admiratifs que lui décochaient les passants, hommes et femmes. A trente-cinq ans, elle avait bien vieilli. Son corps galbé était ferme. Ses traits chaleureux avaient acquis une profondeur et une maturité qui leur avaient conservé toute leur séduction.

Vingt minutes plus tard, elle sortit de la station de la 72e Rue. Avant de rentrer, elle alla faire un tour dans un magasin qui s'était ouvert récemment. Puis, elle se rappela qu'il lui fallait un bac à glaçons et elle se rendit dans une quincaillerie, située à gauche de Columbus Avenue. En général, les quincailleries l'intimidaient. C'était tellement difficile d'expliquer ce qu'on voulait ! Et elle avait toujours l'impression d'être une gourde quand elle entrait dans une boutique pour demander « un de ces machins qui servent à... je ne sais pas comment ça s'appelle... vous voyez ce que je veux dire ? » Mais pour un bac à glaçons, pas de problème.

Le quincailler avait la quarantaine passée. Bel

homme, un peu du genre macho avec ses cheveux longs et la chaîne qui se balançait à son cou. Il y avait des années qu'il flirtaillait avec elle — comme il le faisait probablement avec toutes les autres femmes quand elles étaient jolies —, mais sans jamais dépasser les limites et Hannah n'éprouvait aucune appréhension quand elle poussait la porte de la boutique. Le bac à glaçons coûtait deux dollars. Elle paya, laissa passer une jeune maman qui entrait avec un bébé de deux ans dans sa poussette et ressortit.

Il devait être à peu près sept heures moins dix. Une des originalités d'Hannah était de ne jamais avoir de montre et de toujours savoir l'heure qu'il était. Une mystérieuse horloge interne la réveillait tous les matins et continuait de marcher toute la journée. Elle croisa une autre femme, mère de deux enfants, celle-là. Elle doit avoir dix ans de moins que moi, se dit Hannah. Un instant, elle pensa que, d'ici quelque temps, elle serait trop vieille pour avoir des enfants. Elle en voulait pourtant un. En tout cas, elle le croyait, mais quand elle se remémorait ce qu'avait été son enfance, elle n'en était plus tellement sûre. D'ailleurs, elle n'avait pas de projets de mariage en vue...

— Attention, m'dame !

Un gamin monté sur une planche à roulettes dont il avait perdu le contrôle la dépassa en filant comme un trait.

Arrivée à West End Avenue, elle tourna. Elle aimait bien le quartier. Depuis dix-sept ans qu'elle y habitait — quatre appartements, dont trois en cohabitation et celui d'un mariage raté —, elle s'y sentait chez elle. Elle atteignit la maison de trois étages de la 70e rue où elle vivait seule. Comme il en allait de la plupart des immeubles résidentiels de New York, le vestibule était nu. Juste un interphone et une rangée de minuscules boîtes aux lettres de métal. Elle prit son courrier, grimpa l'escalier jusqu'au dernier étage, ouvrit la porte et entra dans l'appartement.

Compte tenu des conditions du marché de l'immobilier de Manhattan, c'était une rareté : une chambre à coucher, une cuisine intégrée et une salle de séjour avec une cheminée. Qui marchait. Et si on se penchait à la fenêtre, on avait vue sur l'Hudson. Les meubles étaient disparates, mais l'ensemble était harmonieux. Au fil des années, elle avait farfouillé dans des foules de salles des ventes et de marchés aux puces et, ayant grandi dans le luxe, elle avait l'œil.

Il était sept heures vingt. Une amie lui avait promis de passer boire un verre à huit heures. Hannah s'approcha de la chaîne stéréo, mit un disque (le concerto n° 9 en mi mineur de Mozart), puis passa dans la salle de bains, ouvrit le robinet de la baignoire et commença à se déshabiller. Mozart avait vingt et un ans quand il avait composé ce concerto, trente-cinq (le même âge qu'elle) quand il était mort. Un artiste qui meurt jeune, songea-t-elle, c'est une tragédie. Le monde entier est privé de ses créations. Elle se demandait si elle manquerait à quelqu'un lorsqu'elle disparaîtrait.

Elle était nue, son jean, son chemisier, son maillot et son collant en tas par terre. Elle revint dans le séjour et poussa un peu le son pour pouvoir entendre le clavecin en dépit du bruit de l'eau qui coulait. Le second mouvement du concerto commença.

— Oh ! merde !

En baissant les yeux, Hannah avait aperçu un cafard qui se promenait à ses pieds. On avait beau nettoyer, et elle faisait son ménage à fond, pas moyen de se débarrasser de ces bestioles. Lentement, elle s'empara d'un magazine, le roula en cylindre, attendit que l'ennemi fasse un zig alors qu'il aurait dû faire un zag et vlan ! Elle l'écrabouilla d'un coup de son arme improvisée. Félicitations, se congratula-t-elle. Tu es plus maligne qu'un cafard.

Elle prit son bain, se sécha, mit la seconde face du disque et s'habilla. Il lui restait juste le temps de voir ce qu'il y avait au courrier : un catalogue de chez Sacks, le *New Yorker,* une facture de l'American Express et une lettre qu'elle décacheta.

Chère Hannah, lut-elle, *Je ne sais pas si tu te souviens encore de moi mais nous étions dans la même classe.*

Bizarre, ça. Qui cela pouvait-il bien être ? Elle regarda la signature. Kyle Howard.

Kyle Howard ? Mais oui, je me rappelle ! Kyle... un garçon brillant, calme, peu communicatif, timide. Mais pourquoi lui écrivait-il maintenant ?

Après mes études, je me suis installé à New York et, il y a quelque temps, je suis tombé sur Kathy Wilson (tu te souviens d'elle ?) Elle m'a appris que tu habitais, toi aussi, New York. Comme nous sommes voisins (j'habite dans la 88e Rue entre Columbus Circle et Amsterdam Avenue), j'ai pensé que ça serait amusant de se retrouver pour évoquer le bon vieux temps. Un peu dingue comme idée, mais est-ce que ça te dirait de tenter le coup ?

Mon numéro est le 875-0174. Appelle-moi. Si je n'ai pas de tes nouvelles, je te passerai un coup de fil dans le courant de la semaine prochaine.

Bien amicalement.
Kyle Howard

Kyle Howard. Devait-elle lui téléphoner ? Probablement pas. Hannah n'avait pas particulièrement envie de revivre ce passé-là. Et puis, c'était cocasse de recevoir une lettre de quelqu'un qu'elle n'avait pas vu depuis... depuis combien de temps ?... dix-huit ans. Kyle et elle n'avaient même jamais été amis. Il est vrai qu'à l'époque elle n'avait pas d'amis en dehors du milieu de la danse — et aujourd'hui encore, elle n'en avait pas des masses non plus.

Ce serait peut-être amusant de se revoir. Ou du moins, intéressant. Le mieux était sans doute d'attendre pour voir s'il appellerait. Alors, elle se déciderait en fonction de la voix qu'il aurait au téléphone.

Son horloge interne annonça à Hannah qu'il était huit heures. Quelques instants plus tard, on sonna.

Kyle Howard. Oui, je me souviens de lui.

*

Normalement, Linda prenait le bus pour rentrer chez elle après son travail, mais aujourd'hui, il faisait si beau qu'elle décida de faire le trajet à pied. C'était extraordinaire comme la circulation était fluide dans la 5e Avenue, passé sept heures. Les trottoirs où c'était la cohue, une heure plus tôt, étaient pour ainsi dire déserts. S'arrêtant de temps à autre pour regarder une vitrine, elle passa tour à tour devant la cathédrale St Patrick, Trump Tower, Tiffany et une demi-douzaine d'autres hauts lieux de Manhattan. Arrivée à la hauteur de l'Hôtel Plazza, à l'angle de la 58e Rue, elle s'arrêta, prenant brusquement conscience que c'était précisément à cet endroit que Robert Redford et Barbra Streisand se disaient adieu à la fin de *The Way We Were.* Ce fut alors qu'elle vit l'homme à l'appareil photo. Pas laid. Une taille légèrement supérieure à la moyenne, la physionomie avenante. Un instant, elle pensa qu'il la regardait... mais non : il voulait seulement prendre une photo du Plaza et elle était dans le champ.

— Excusez-moi, lui dit-elle.

— Il n'y a pas de mal.

Elle s'écarta. Il appuya sur le déclencheur et réarma son appareil. Linda se remit alors en marche, lentement pour qu'il puisse la rattraper parce que, réflexion faite, peut-être bien qu'il l'avait regardée, et c'était le printemps, et ce serait sympa d'avoir un peu de compagnie pour rentrer. Il arriva à sa hauteur au coin de la 58e et ils échangèrent un coup d'œil.

— Rebonjour, lui lança-t-il. (Linda sourit. Il reprit :) Je sais que ça peut paraître bizarre comme question, mais il me reste une photo sur cette pellicule. Est-ce que je pourrais vous prendre ?

Très imaginatif. Voilà une bonne entrée en matière. Et Linda se sentait flattée parce que, en dehors de la famille, on lui avait rarement demandé de poser pour une photo. Non qu'elle fût sans charme, mais elle n'était pas non plus d'une beauté extraordinaire.

— Pourquoi pas ?

Il recula, visa et actionna le déclic.

— C'est dans la boîte.

Ils repartirent ensemble et échangèrent leurs biographies respectives en longeant Central Park South.

Elle : Linda Taylor, vingt-cinq ans, originaire de l'Iowa, habitant New York depuis deux ans, secrétaire dans une agence de voyages, vivant dans un studio qu'elle partageait avec une amie actuellement en vacances en Europe.

Lui : Arnold Tinsley, « New-Yorkais pur sang », ce qui surprit Linda, car il n'avait apparemment par l'accent new-yorkais.

A Columbus Circle, ils remontèrent Broadway. Vers la 70e Rue, Linda fit halte pour acheter un berlingot de lait dans une crémerie. Arnold lui dit qu'il l'attendrait dehors. Il avait envie de respirer un peu d'air frais, ajouta-t-il. Linda se dit qu'il allait peut-être s'esquiver, ce qui serait vraiment dommage parce qu'elle le trouvait sympa, mais quand elle ressortit de la boutique, il était toujours là. Ce ne fut qu'alors, après qu'elle eut acheté le lait, qu'il lui demanda si elle avait envie de prendre un verre. Elle répondit que oui, mais qu'il fallait d'abord qu'elle monte chez elle mettre le lait dans le frigo pour qu'il ne tourne pas. Pas de problème, fit-il, je monte avec vous.

Une fois dans le studio, il la pria de lui offrir un verre d'eau. Linda le lui servit, puis elle rangea son lait dans le réfrigérateur. Quand elle revint dans la salle de séjour, il était devant la bibliothèque à regarder les livres.

— Vous lisez beaucoup ?

— Un peu. Presque tous ces bouquins sont ceux de ma camarade.

— Et quel genre de livres lisez-vous ?

— Des polars. Des histoires de suspense. N'importe quoi pourvu qu'il y ait des surprises et des rebondissements.

— Et dans la vie... vous aimez les surprises dans la vie ?

Elle commençait à se sentir un peu nerveuse, maintenant.

— Ça dépend. Des surprises, il peut y en avoir de bonnes et de mauvaises.

— Celle-ci fait partie des mauvaises, Linda.

3

C'était le milieu de la matinée. Deux agents qui patrouillaient en voiture furent envoyés sur les lieux par un appel du Central. Richard Marritt était dans son bureau du 20ᵉ commissariat quand ils téléphonèrent. Linda Taylor, 259, 76ᵉ Rue Ouest, appartement 5-A.

— C'est un sale truc, précisa l'un des agents.

C'est toujours un sale truc, songea Marritt tandis qu'il se rendait sur les lieux. Sauf que certains homicides étaient plus moches encore que les autres et, quand il arriva sur place, l'inspecteur comprit que celui-là entrait dans la seconde catégorie.

Linda Taylor avait quitté son bureau le mardi, sa journée terminée, vers dix-neuf heures. Plusieurs de ses collègues s'étaient étonnés de ne pas la voir le mercredi, mais les choses n'étaient pas allées plus loin. Le jeudi, elle était toujours absente. Comme elle n'avait pas téléphoné, le directeur de la boîte avait envoyé quelqu'un chez elle pour demander au gardien d'immeuble s'il ne lui était pas arrivé quelque chose de grave.

Si, justement, il lui était arrivé quelque chose de grave.

Du seuil de la porte, Marritt pouvait voir le corps allongé par terre dans la salle de séjour. Les agents qui avaient répondu à l'appel avaient interdit l'entrée du studio. A part la victime, il n'y avait personne à l'intérieur. La plupart des meubles étaient d'occasion, le tapis marron était en fibres artificielles. Les fenêtres étaient ouvertes, mais il n'y avait pas d'escalier de secours à l'extérieur et aucune trace d'effraction. Ni d'arme en vue qui aurait pu servir à commettre le crime.

La victime, une jeune femme d'environ vingt-cinq ans, portait une jupe, un chemisier et des sandales. Aucun désordre dans sa tenue et rien n'indiquait que l'on ait touché à ses dessous. Du sang avait coulé de son cou.

Secoué par le spectacle, l'inspecteur commença à prendre mentalement des notes en observant la scène d'un œil de professionnel. Il se remémorait les notions d'anatomie apprises à l'école de police. Partant de l'aorte, les artères carotides bifurquent de part et d'autre du cou. Elles sont protégées par un solide manchon musculaire et il faut un coup de couteau direct porté avec force pour le traverser. Mais une fois la carotide tranchée, la mort est inéluctable.

Il suffisait d'examiner la pièce pour reconstituer ce qui s'était passé. Dès l'instant où l'artère carotide de Linda Taylor avait été sectionnée, son sang vermeil, riche en oxygène, avait commencé à jaillir, inondant les meubles et le sol. Instinctivement, elle avait porté la main gauche à son cou pour stopper l'hémorragie — d'où les traces de sang séché qu'elle avait entre les doigts —, mais ç'avait été en pure perte. Au bout de quelques secondes, l'oxygène ne parvenant plus à son cerveau, elle avait perdu connaissance. Le sang avait continué de s'écouler par saccades jusqu'au moment où le cœur avait cessé de battre. La mort était survenue au bout de quelques minutes et le sang avait commencé à se coaguler, passant du rouge vermeil au rouge violacé.

Selon toute vraisemblance, la victime n'avait pas opposé de résistance. Confrontés à la violence, les gens restent généralement passifs. Il était rare que les victimes aient le réflexe de réagir comme il le fallait. Exploser. Frapper. Ecraser le nez de l'agresseur. Lui planter un doigt dans un œil et l'enfoncer jusqu'au cerveau.

Cliniquement, bannissant autant qu'il le pouvait toute réaction émotive, l'inspecteur poursuivit ses investigations. La cuisine et la chambre paraissaient en ordre. A première vue, rien ne semblait avoir été volé. Les placards et les tiroirs étaient fermés. Il y avait une serviette et un morceau de savon portant tous deux des traces de sang sur le carrelage de la salle de bains. Des traînées sanguinolentes, aussi, sur l'émail blanc du lavabo. L'assassin s'était sans doute lavé les mains après le crime. Il n'y avait de taches de sperme nulle part : ni sur le tapis, ni sur le lit, ni sur les vêtements de la victime, ni dans la cuvette des W.C. Le meurtrier n'avait pas sexuellement abusé de Linda Taylor. Il l'avait « seulement » tuée.

Au cours des heures qui suivirent, Marritt appliqua toute la procédure de routine. Le corps fut photographié avant d'être enlevé. On quadrilla le studio et chaque section de cette sorte de grille fut passée au peigne fin par des techniciens armés d'aspirateurs spéciaux et de projecteurs à infrarouges. On examina les murs du plancher au plafond. On releva des empreintes partout où c'était possible : sur les boutons de porte, le lavabo de la salle de bains, un verre vide posé sur un rayon de la bibliothèque. La plupart des victimes des quelque deux mille homicides commis chaque année à New York connaissaient leur assassin. Marritt souhaitait que ce soit le cas, cette fois aussi, pour que le nom du meurtrier figure sur le carnet d'adresses de Linda Taylor ou sur la liste de ses amis. Les « meurtres par inconnus » étaient les plus difficiles à élucider.

Et quelque chose disait au policier qu'il s'agissait, en l'occurrence, d'un meurtre par inconnu, un de ceux à flanquer la migraine à un comprimé d'aspirine.

*

Hannah était au lit quand la sonnerie du téléphone posé sur la table de nuit retentit. Une fois. Deux fois. Elle décrocha à la troisième.

— Allô ?

— Bonsoir. C'est Hannah ?

— Elle-même.

— Je ne sais pas si tu te souviens de moi. Kyle Howard à l'appareil.

C'était le moment de prendre sa décision — encore que Hannah l'eût déjà pratiquement prise.

— Ah ! Kyle... J'ai reçu ta lettre. Comment vas-tu ?

— Bien. Et toi ?

— Moi aussi.

Il y eut un silence.

— Je suppose que tu as trouvé curieux de recevoir de mes nouvelles, reprit Howard, mais il y a quelques semaines, j'ai repensé au lycée. Je me souvenais très bien de quelques élèves dont toi. Et l'idée m'est venue de t'appeler pour te demander si tu aimerais qu'on dîne ensemble un de ces soirs.

— D'accord.

— Formidable ! Quel jour t'arrangerait ?

Hannah prit son agenda et se livra à un rapide calcul. On était jeudi. Vendredi, elle était prise et, le samedi, il y avait trop de bousculade pour un rendez-vous de ce genre. Dimanche ? Ce n'était pas non plus l'idéal.

— Lundi, ça t'irait ?

— Tout à fait. Il y a un restaurant... le Sozio, dans Columbus Avenue. Tu connais ?

— Je crois. Je n'y suis jamais allée, mais il m'est arrivé de passer devant plusieurs fois.

— Eh bien, rendez-vous au Sozio. Quelle est l'heure qui te convient ?

Hannah se livra à de nouveaux calculs. Lundi, sa dernière leçon se terminait à cinq heures et demie. Elle pourrait donc être rentrée à six heures, prendre un bain, s'habiller... elle serait prête à sept heures.

— Huit heures ?

— Parfait. Veux-tu que je passe te prendre ?

— C'est aussi simple de se retrouver au restaurant.

— Comme tu voudras. J'ai hâte d'être à lundi.

Hannah raccrocha. Quel âge avait-elle quand elle avait vu Kyle Howard pour la dernière fois ? Dix-sept ans. Comme le temps passe !

Somme toute, elle était impatiente, elle aussi, d'être à lundi. Ce serait peut-être amusant de se remémorer le bon vieux temps. Mais ce qui la préoccupait davantage pour le moment, c'était le paquet qui était arrivé dans la journée. Par le courrier comme le précédent et, comme le précédent, emballé dans du papier kraft sans adresse d'expéditeur. A l'intérieur, il y avait encore la longue tige flétrie d'une rose décapitée et une carte de visite portant en grosses lettres la même inscription : LCASRQLRNCP.

4

Lundi, 20 heures.

Hannah poussa la porte du restaurant et entra. Sozio faisait partie des nombreuses boîtes qui avaient champignonné dans Columbus Avenue dans les années 80. Certaines avaient rapidement fermé, d'autres avaient prospéré. Sozio fonctionnait depuis trois ans : on pouvait donc raisonnablement penser qu'il survivrait au moins jusqu'à l'expiration du bail. Quand sa vision se fut accoutumée à la lumière tamisée, Hannah passa en revue les tabourets alignés devant le bar. Kyle était là. Il agita le bras, s'approcha d'elle et ils échangèrent une poignée de main.

— Ce que je suis content de te voir, Hannah !

En fait, cela faisait dix-huit ans qu'ils ne s'étaient pas revus. Il avait évidemment vieilli mais, ce détail mis à part, il n'avait pour ainsi dire pas changé. Dans les un mètre quatre-vingts, svelte. Ni filiforme ni athlétique — juste mince. Un visage sans rien de très particulier exception faite de sa bouche un peu trop grande. Hannah remarqua que ses cheveux châtains s'éclaircissaient.

Le maître d'hôtel les pilota jusqu'à une table du fond et ils s'assirent l'un en face de l'autre. Kyle portait un costume marron un tantinet élimé aux poignets, une chemise à rayures et une cravate. C'était un restaurant assez chic. Chaque table était décorée de lis et d'orchidées mis en valeur par l'éclairage halogène.

— Ça fait un bout de temps, dit Kyle, reprenant la conversation au point où elle s'était arrêtée lorsqu'ils furent installés. Qu'est-ce que tu as fait depuis le lycée ?

C'était bien évidemment la première question à poser, mais télescoper dix-huit ans en une brève réponse n'était pas facile. Qu'est-ce que je pourrais lui répondre ? s'interrogea Hannah. J'ai fait de la danse, je me suis mariée, j'ai divorcé et je donne des leçons...

— Après avoir décroché mon diplôme, je suis allée à New York. Je ne sais pas si tu t'en souviens, mais je dansais beaucoup quand on était en classe. A New York, j'ai fait partie de l'American Ballet Theatre pendant quatre ans. Et puis, j'ai eu des problèmes avec mon dos. A présent, j'ai un cours de danse.

Un garçon leur apporta la carte. Ils commandèrent les apéritifs. Hannah avait l'impression que Kyle paraissait un peu nerveux.

— Et toi ? lui demanda-t-elle à son tour. Qu'est-ce que tu as fait depuis le bahut ?

— Rien de follement passionnant. J'ai poursuivi mes études à Williams. Après l'université, je suis monté à New York. J'ai été professeur d'anglais pendant quelque temps, mais ce n'était qu'un pis-aller. Ce que je voulais vraiment, c'était écrire.

Des fragments de passé commençaient à remonter à la surface. Hannah se rappelait maintenant qu'il avait toujours rêvé d'être écrivain. Il était l'élève qui avait lu Dickens. Pas seulement *Un conte de Noël* qui était au programme, mais aussi *Les Grandes Espérances* et *Nicholas Nickleby*. Sa famille habitait Toledo ou quelque chose comme ça et s'était installée à Davis après sa première année à l'université. Il n'avait donc eu que deux ans pour se faire des amis au lycée. C'était un garçon effacé et timide.

— Tu t'es mariée ? l'entendit-elle lui demander.
— Il y a longtemps. Ça n'a pas été ce qu'on appelle un mariage réussi.
— Des projets à l'horizon ?
— Pas pour le moment. Je suis lamentablement disponible.
Le garçon revint avec les verres et leur suggéra d'examiner le menu pour passer leur commande. Tout était à la carte. Malgré l'insistance de Kyle, Hannah déclina les hors-d'œuvre.
— Et que faisait ton mari ? s'enquit-il quand ils eurent fait leur choix.
— Il s'occupait d'investissements financiers.
— Combien de temps a duré ce mariage ?
— Dix mois. Et toi ? Tu es marié ?
Kyle secoua la tête.
— J'ai eu les petites amies et les aventures amoureuses d'usage, mais je n'ai rencontré personne avec qui j'aurais désiré passer le reste de ma vie.
— Combien de temps as-tu été professeur ?
— Deux ans. Ça marchait bien, mais ce n'était pas ce que je voulais faire.
— Et ton travail d'écrivain ?
— Je fais d'autres boulots entre-temps.
Ils continuèrent un moment à bavarder pour faire le point, puis la nostalgie reprit le dessus.
— J'ai revu Ellis Barness il y a cinq ans environ, dit Hannah. Il doit peser dans les cent trente kilos. On dirait Orson Welles. Je ne peux pas croire que nous avons été en classe avec quelqu'un qui ressemble à Orson Welles.

— Et M. Lundahl, le prof de maths, tu te souviens de lui ? Un jour, il s'est endormi en classe.

La pasta qu'ils avaient commandée arriva. Un peu trop cuit, mais quand même plus que passable. Tandis qu'ils commençaient à manger, Hannah prit la mesure de son vis-à-vis. Elle n'éprouvait pas d'attirance physique pour lui, mais il avait un certain charme. Une voix chaude. Il s'exprimait bien et il était cultivé.

— Tu ne m'as toujours pas dit ce que tu écris.

— Des articles. Encore que je n'en aie pas pondu des masses ces derniers temps. Et j'ai aussi écrit un roman.

— Mais c'est formidable, Kyle ! De quel genre ?

— Le truc habituel. La vie, l'amour. Le grand roman américain, quoi.

La conversation revint au passé. Leur jeunesse dans l'Ohio, la route du lycée qui longeait la rivière, les matches de football auxquels Hannah n'assistait jamais. On en vint à la famille.

— Mon père était contremaître dans une verrerie et ma mère institutrice, lui apprit-il. Quand il est mort, il y a quelques années, elle a pris sa retraite et s'est installée en Floride.

— Tu as eu des contacts avec des anciens de Davis ?

— Pas récemment.

— Sauf pour ce qui est de Kathy Wilson. Tu parlais d'elle dans ta lettre. Où l'as-tu vue ?

— A l'Omnibus.

— L'Omnibus ? Qu'est-ce que c'est ?

— La librairie où je travaille. (La voix de Kyle prit un ton où la hargne le disputait à la confidence.) Ce n'est pas la carrière de mes rêves, mais ça me permet de joindre les deux bouts. Je suis vendeur et facturier.

Il fallait qu'Hannah lui pose la question, ne serait-ce que pour dissiper la gêne qu'elle sentait grandir entre eux.

— Et ton roman ?

— Il entre dans la catégorie que les éditeurs appellent la « littérature de fiction ». C'est-à-dire qu'ils ne pensent pas que le livre atteindra un gros tirage si je ne le remanie pas pour le rendre plus commercial. Et ça, je m'y refuse. Je te le ferai lire un de ces jours, si tu veux.

— J'aimerais beaucoup.

Pendant tout le reste du dîner, ce fut la nostalgie qui prima. En son for intérieur, Hannah plaignait Kyle. Toute sa vie, il avait voulu être écrivain et, jusqu'à maintenant en tout cas, ç'avait été un fiasco. A trente-cinq ans, il n'avait rien publié, il faisait un travail qui n'avait pas l'air de lui plaire et était bien loin d'avoir réalisé ses rêves. Soudain, elle songea que ce restaurant avait une certaine classe, que le repas reviendrait au moins à cinquante dollars et qu'un vendeur à la librairie Omnibus ne devait pas gagner des mille et des cents. Quand l'addition arriva, elle lui proposa de payer son écot, mais Kyle ne voulut rien savoir :

— Il ferait beau voir ! s'insurgea-til. C'est moi qui

t'ai invitée. Tu n'auras qu'à m'offrir une glace, un de ces jours.

Il la raccompagna chez elle. Il paraissait plus à l'aise, comme si le grand air l'aidait à se détendre, avait un effet apaisant sur ses nerfs. Une fois arrivés, Hannah envisagea de le remercier de l'invitation et de lui dire adieu, mais la politesse lui commandait de lui proposer de monter boire un café. Quand il accepta, elle n'éprouva ni satisfaction ni mécontentement. Dans l'appartement, Kyle se montra un peu plus disert sur son travail et sur son goût d'écrire, et la jeune femme se demanda ce qui était le pire : savoir qu'on a du talent et voir sa carrière brutalement interrompue (ce qui avait été son cas) ou ne jamais savoir si on est doué ou pas. A onze heures, Kyle déclara qu'il commençait à se faire tard. Hannah abonda dans son sens et se leva pour le reconduire jusqu'à la porte. Mais, au lieu de la suivre, il resta debout devant le divan.

— Je pense..., commença-t-il en détournant le regard..., je pense que je devrais te dire pourquoi j'ai téléphoné.

— Je ne comprends pas. J'ai cru que c'était pour évoquer le passé.

Elle attendit qu'il poursuive.

— Je... je ne sais pas trop comment te dire ça. (Il croisait et décroisait nerveusement les mains.) Hannah, il y a vingt ans que je suis amoureux de toi. Depuis le premier jour que je t'ai vue au lycée. (Il parlait avec lenteur, tel un disque 45 tours qu'on fait passer en 33.) Hannah, tu es devenue mon obsession. Je n'arrête pas de penser à toi. Je rêve tout le temps de toi. Je t'aime. Je ne te demande rien. Je voulais seulement que tu saches.

Hannah était abasourdie.

— Je ne sais vraiment pas quoi te dire, Kyle. Enfin... je suis flattée, mais je n'éprouve pas les mêmes sentiments à ton égard.

Elle ne voulait qu'une chose : qu'il déguerpisse. Elle se tenait entre lui et la porte : elle pourrait prendre la fuite si cela s'avérait nécessaire.

— Je... Oui, bien sûr, je comprends... je voulais seulement que tu saches... enfin...

Comment peux-tu m'aimer? avait-elle envie de crier. Tu ne me connais même pas.

— Il faut parfois longtemps pour dire des choses importantes. Je... je pourrais peut-être te rappeler.. et on pourrait peut-être déjeuner ensemble la semaine prochaine?

Qu'il s'en aille, c'est tout! Qu'il fiche le camp d'ici.

— Ça me ferait plaisir. C'est ça, appelle-moi et on en reparlera.

Elle n'avait pas voulu dire « ça me ferait plaisir », mais si elle ne l'avait pas dit, elle aurait eu peur d'éveiller son animosité.

— D'accord, je te passerai un coup de fil. Et j'ai été heureux de t'avoir vue ce soir. Très heureux.

Il partait. Il avança vers Hannah... passa devant elle... s'approcha de la porte.

— Moi aussi, ça m'a fait plaisir de te revoir, Kyle.

Dieu soit loué, il n'avait pas fait mine de vouloir l'embrasser. Hannah ouvrit. Il s'immobilisa.

— Eh bien, c'est entendu. Je te rappelle la semaine prochaine. Bonne nuit.

Sur ce, il sortit.

Elle referma la porte, tira les deux verrous et écouta ses pas s'éloigner dans l'escalier. Puis elle alla à la fenêtre après avoir éteint pour qu'il ne puisse pas la voir, le regarda sortir de l'immeuble et disparaître au loin dans la rue.

Mon Dieu ! Où est-ce que j'ai mis les pieds ! Allons... du calme... maîtrise-toi !

Peut-être donnait-elle à cette histoire une importance démesurée. Après tout, Kyle n'avait rien fait. Ni ce soir ni au cours des dix-huit années écoulées.

Hannah regagna sa chambre. Mais la peur lui collait à la peau. Elle ne cédait pas. Dix-huit ans... pourquoi maintenant ?

Hannah avait l'impression d'être prise au piège. Elle ne savait que faire. Elle avait besoin d'une aide, besoin de quelqu'un sur qui elle pourrait se reposer. Aussi fit-elle ce qu'elle faisait chaque fois qu'elle se sentait nerveuse ou vulnérable ou solitaire. Ou qu'elle avait peur.

Elle décrocha le téléphone et composa le numéro de Fergy.

DEUXIÈME PARTIE

5

Stephen Andrew Fergenson — Fergy pour les intimes — avait vu le jour dans le Minnesota, près de la frontière canadienne. Sa mère, qui était serveuse, se retrouva enceinte à l'âge de dix-sept ans. Au lieu de se faire avorter comme elle en avait eu l'intention, elle épousa le père. Le mariage prit fin deux ans après la naissance de Fergy. Trois ans plus tard, Missy Fergenson fit un nouvel essai mais, cette fois, en inversant l'ordre des facteurs : d'abord la cérémonie, ensuite la grossesse. Le mariage numéro deux dura sept mois, la grossesse cinq. Ce coup-là, elle se fit avorter. Deux ans après, elle récidiva. « J'avais peur qu'elle ne se débarrasse de moi si je n'étais pas sage, se rappelait Fergy. Avec ces bébés en puissance qui ne cessaient de se volatiliser, je me disais que j'étais sacrifiable, moi aussi. »

Pourtant, Missy faisait de son mieux pour être une bonne mère. Elle s'installa à Detroit, trouva un emploi de secrétaire, fit faire ses études à Fergy et lui donna « beaucoup d'amour ». Comme aucun de ses ex-maris ne se manifestait, ni financièrement, ni affectivement, ni autrement, la vie n'était pas des plus faciles, mais elle avait quand même dû bien s'y prendre parce que Fergy ne lui donnait que des satisfactions. Et quand il sortit de l'université du Michigan avec son diplôme en poche, dixième de sa promotion, elle éprouva une légitime fierté. Sa « petite faute » était devenue un homme.

Fergy partit pour New York et se fit engager par la Peterson Brownfield & Company. Il tint le coup neuf ans à Wall Street. Il faisait son travail correctement, mais n'était pas un crack. Il aimait bien son boulot, mais pas à la folie. A trente-quatre ans, il le trouvait si assommant qu'il quitta la banque pour la fonction publique, très précisément pour la New York City Public Development Corporation, une agence municipale spécialisée dans la rénovation urbaine. Il y avait deux mois qu'il avait débuté dans sa nouvelle carrière de fonctionnaire quand Fergy fut désigné comme juré dans un procès d'assises. Il considérait la chose comme une horrible corvée jusqu'au moment où il fit la connaissance d'Hannah qui avait, elle aussi, été convoquée pour être membre du jury. Alors, la corvée devint soudain jardin des délices. Au lieu d'avoir à attendre huit heures par jour en lisant des magazines et en fumant des cigarettes qu'on l'appelle pour remplacer un juré défaillant, il passait huit heures par jour à faire des vœux pour qu'on ne l'appelle pas afin de ne pas être séparé de la femme de ses rêves.

Hannah aimait bien Fergy. Ils s'identifiaient l'un à l'autre et le fait d'être tous deux issus d'un foyer détruit les rapprochait. Dans la pièce réservée aux jurés suppléants, ils se lièrent d'amitié. Pour elle, il ne s'agissait pas à proprement parler d'une attirance physique. Fergy n'était pas vilain garçon, mais il était un tantinet grassouillet. Il surveillait son poids. Il n'y pouvait rien : il était comme ça, c'est tout. Ils constatèrent qu'ils étaient pour ainsi dire voisins : il habitait dans la 21e Rue entre la 8e Avenue et la 9e Avenue. Quand la justice n'eut plus besoin de leurs services, ils restèrent amis. Cela remontait maintenant à deux ans et, au cours de ces deux années, ils en étaient venus à se reposer l'un sur l'autre. Fergy était pour Hannah une force stabilisatrice, il était son Rocher de Gibraltar. Quand ça n'allait pas, il était toujours disponible. Lorsqu'elle était mal fichue et avait besoin de tétracycline, Fergy se débrouillait pour lui en trouver sans ordonnance. Si elle souffrait du manque de nicotine parce qu'elle avait décidé d'essayer de s'arrêter de fumer, il était là. (« Hannah, on va aller dîner dans un restaurant très cher. Si tu ne fumes pas une seule cigarette, c'est moi qui paierai. Sinon, ce sera toi. ») Mais leur amitié jouait dans les deux sens. Hannah était quelqu'un à qui Fergy pouvait ouvrir son cœur. Tout ce qui lui passait dans la tête, tout ce qui le tracassait, elle tenait à ce qu'il lui en parle. S'il avait des problèmes de femmes, elle l'écoutait. Si un épais nuage noir assombrissait ses jours parce qu'il était un homme seul à trente-six ans, elle comprenait. En vérité, ils craignaient tous les deux un peu d'être des laissés pour compte de la vie. Et ils avaient appris qu'il était possible de se rapprocher non seulement en proposant son aide, mais aussi en en demandant.

Kyle Howard avait quitté l'appartement à onze heures et quart : à minuit moins vingt — vingt minutes après le coup de fil d'Hannah —, Fergy était là. Hannah était toujours sûre de pouvoir compter sur lui dans ce genre de circonstance. Toujours.

— Merci d'être venu.

— Tout le plaisir est pour moi, répondit-il. Quand tu m'as appelé, j'essayai de prendre une décision : regarder la télé ou aller me coucher. Passer te voir m'a paru beaucoup plus intéressant. (Il laissa s'écouler quelques secondes comme si une pause était nécessaire avant d'entrer dans le vif du sujet.) Alors, Hannah Banana, raconte.

Elle sourit — Fergy savait toujours la faire sourire — et se détendit un peu.

— C'est une chose bizarre.

— C'est bien l'impression que j'ai eue au téléphone. Si on commençait par la case départ ?

Hannah lui parla en premier lieu de la lettre de Kyle, puis de son coup de téléphone suivi de l'invitation à dîner et termina par l'entretien qu'elle venait d'avoir avec lui chez elle. Fergy écoutait, tout à la fois inquiet et stupéfait. Inquiet parce qu'Hannah était sens dessus dessous et que cela avait probablement été une expérience assez effrayante.

Stupéfait parce que Kyle était manifestement un cinglé et que, si l'on regardait les choses sous un certain jour, ce qui était effrayant devenait marrant.

— Je pense que l'important est de ne pas te laisser entraîner par ton imagination, dit-il quand elle eut fini. C'est très probablement un type inoffensif.

— Merci beaucoup !

— Il n'y a pas de quoi. Maintenant, tu vas te calmer et considérer un moment tout ça avec objectivité. Tu es belle, tu es merveilleuse, tu es sexy et tu es intelligente. Comme il te l'a dit, Kyle a le béguin pour toi depuis que vous étiez en classe ensemble. A mesure que la soirée avançait, il a compris qu'il n'y avait pas réciprocité et il a décidé de faire sa sortie en forme d'apothéose.

— Ce qui voudrait dire qu'il est parti pour de bon ?

— Je ne sais pas. Vraisemblablement, il t'appellera la semaine prochaine comme il te l'a promis. Dis-lui carrément non et ça mettra un terme à l'histoire.

Et Fergy adressa à Hannah son sourire le plus rassurant.

— Oh merde ! s'exclama-t-elle. Les roses !

— Quelles roses ?

— Les roses... celles dont je t'ai parlé. Il y a deux mois, tu te rappelles ? En avril. La rose décapitée que j'ai reçue au courrier accompagnée de cette carte. Et jeudi dernier, le jour où Kyle a téléphoné, j'en avais reçu une autre. C'est sûrement lui qui me les a envoyées.

— Pourquoi ?

— Je ne sais pas. Parce que c'est un psychopathe.

— Dis donc, tu ne vas pas tomber amoureuse de ce type, j'espère ?

Hannah éclata de rire. Sans savoir pourquoi. Elle ne put s'en empêcher, voilà tout.

Mission accomplie, Fergy reprit son sérieux :

— Ces roses... qu'en as-tu fait ?

— Je les ai jetées. Pourquoi ?

— Je ne sais pas. L'idée m'est simplement venue qu'elles auraient peut-être pu nous apprendre quelque chose.

— Mais j'ai conservé les cartes. Enfin... pas la première, mais la seconde.

— Je pourrais la voir ?

— Bien sûr.

Hannah alla dans sa chambre, fouilla dans son secrétaire et revint au bout d'une minute en agitant triomphalement la fameuse carte.

— La voilà.

Fergy la prit et examina l'inscription en majuscules : LCASRQLRNCP.

— Qu'est-ce que ça veut dire à ton avis ? demanda la jeune femme.

— Je ne vois pas. C'est peut-être le nom d'une capitale provinciale du Nord de la Thaïlande... Lcasriq... rik... C'est imprononçable, il n'y a pas assez de voyelles. Pose la question à Kyle la prochaine fois qu'il te téléphonera.

— Si tu n'y vois pas d'inconvénient, je préférerais

que la conversation soit réduite à son strict minimum.

— Ça a peut-être quelque chose à voir avec le lycée. Les initiales d'un professeur ou une association quelconque.

— En onze lettres ?

— Cesse d'avoir l'esprit aussi critique. C'est juste une idée. Ton annuaire de promotion, tu ne l'as plus, hein ?

— A quoi nous servirait-il ?

— Je ne sais pas. On pourrait peut-être y dénicher un indice. Et puis, je serais curieux de voir à quoi ressemblait ton Kyle à cette époque.

— Fergy, je t'aime bien, mais parfois, tu es un emmerdeur.

— Merci bien. Bon, où est-il, cet annuaire ?

— Dans le placard de ma chambre, je suppose. A moins que je ne l'aie fichu en l'air depuis des années.

Hannah se leva en grommelant et disparut à nouveau dans la chambre. Fergy l'entendit ouvrir la porte du placard. Un « Oh ! merde ! » sonore parvint à ses oreilles, suivi d'un bruit sourd, celui qu'aurait pu faire une boîte en tombant. Puis Hannah reparut, l'annuaire en main :

— Tiens.

— Formidable !

Fergy prit le volume, jeta un bref coup d'œil à la couverture, puis l'ouvrit à la première page. Il y avait la photo de rigueur du lycée Davis et sur les pages suivantes la liste des professeurs, des groupes d'activités extrascolaires et des étudiants de première et de deuxième année. Il en arriva à ceux de dernière année. Vaughan... Volk... Wade : Hannah Wade.

L'intéressée étant penchée sur son épaule, Fergy examinait le portrait d'une jeune fille de dix-sept ans en pull blanc égayé d'un simple rang de perles.

— Bon Dieu, ce que tu étais belle !

— Je croyais que c'était Kyle que nous cherchions, Fergy.

Il eut un haussement d'épaules et repartit en arrière. Haley... Hess...

— Voilà... Kyle Howard.

Ils contemplèrent la photo en silence. Comme les autres garçons, Kyle portait une chemise blanche, une veste de sport et une cravate. Son expression était sérieuse, ses cheveux coupés un petit peu plus court que la moyenne. Une photo qui ne suggérait rien d'extraordinaire. « Passionné de lecture, Kyle Howard s'intéresse à la musique classique et fait partie du collectif d'études latines », disait la légende.

— Alors, ces indices ? persifla Hannah.

Fergy secoua la tête.

— Comment se fait-il qu'il n'y ait pas d'autographes ? Quand j'étais au lycée, à la fin de l'année, tout le monde se précipitait sur tout le monde pour faire signer son bouquin.

— Je n'en sais rien. J'imagine que les autographes ne m'intéressaient pas.

— Kyle t'a-t-il demandé de mettre ton nom sur son annuaire ?

— Ecoute, Fergy ! Tu parles de quelque chose qui s'est — ou ne s'est pas — passé il y a dix-huit ans !

— Bon, bon... ne sois pas si susceptible. (Il se remit à considérer la photo de Kyle.) Qui ce type fréquentait-il à l'époque ?

Hannah plissa le front.

— Je ne me rappelle pas. Tu sais, je ne le connaissais pas très bien. En tout cas, je ne l'ai jamais vu avec personne.

Fergy secoua encore la tête et referma l'annuaire.

— Je suppose qu'on a tous des souvenirs curieux de nos années de lycée. Je me souviens encore de mon premier rendez-vous, des bals d'étudiants, tout ça. Il se trouve que Kyle est un peu plus tordu que la plupart d'entre nous. C'est tout. Ne te fais pas de bile à propos de lui. (Il jeta un coup d'œil sur sa montre et se leva.) Ecoute, Hannah Banana. Il est une heure et nous sommes quelques-uns à devoir aller au boulot demain matin. Dans huit heures en principe j'assiste à une réunion où l'on doit discuter de l'adjudication d'une zone industrielle dans le Bronx.

Hannah l'embrassa sur la joue et l'étreignit très fort.

— Fais attention en rentrant, Fergy. Et merci d'être venu.

— Ça m'a fait plaisir. Maintenant, au dodo !

Hannah referma la porte derrière Fergy, puis revint dans le séjour et prit l'annuaire. Cette histoire ne lui plaisait pas. Quelque chose lui disait de faire gaffe. Peut-être que ça ne tournait pas rond dans sa tête. Il lui arrivait de temps en temps d'avoir l'impression qu'elle déraillait. Mais c'était là un élément de sa personnalité qu'elle ne voulait pas approfondir. Elle feuilleta l'annuaire, revint à la photo de Kyle et relut la légende : « Passionné de lecture, Kyle Howard s'intéresse à la musique classique et fait partie du collectif d'études latines ». Hannah avait fait trois ans de latin. Ses grands-parents l'y avaient obligée. Elle avait, elle aussi, fait partie du collectif d'études latines.

Elle chercha la section consacrée aux activités extrascolaires. Comité d'autogestion étudiante... commission de la bibliothèque... Croix-Rouge...

Collectif d'études latines. Vingt étudiants assis sur des bancs dans le gymnase. Sur la photo, M. Rouse, le prof de latin, était au premier rang et elle-même au deuxième. Tous souriaient à l'objectif. Kyle était derrière Hannah, décalé d'une place par rapport à elle. Lui ne souriait pas. Il la regardait.

6

Une semaine s'était écoulée depuis la mort de Linda Taylor, cinq jours depuis la découverte de son cadavre. Dans son bureau du premier étage du 20e commissariat, Richard Marritt se livrait à l'opération délicate consistant à changer le ruban de sa machine à écrire. Son dos lui faisait mal : souvenir du mur de deux mètres cinquante qu'il avait escaladé l'automne dernier en poursuivant un cambrioleur. Ses efforts avaient eu leur récompense : il avait appréhendé l'individu, avait eu droit à une citation et s'était tellement esquinté le dos que, depuis, il souffrait périodiquement de douleurs lombaires. De temps à autre, quand son dos recommençait à faire des siennes, il se demandait ce que ça serait d'être affecté à un commissariat de banlieue résidentielle ou l'enquête-type consiste à retrouver le mauvais plaisant qui a laissé des traces de pneus sur la pelouse de quelqu'un.

La porte s'ouvrit et Jim Dema entra. Depuis deux ans qu'ils travaillaient ensemble, les relations entre les deux hommes avaient pris leur rythme de croisière. Marritt avait même cessé de se demander avec inquiétude si les gens pensaient qu'il était pédé pour la simple raison que son coéquipier l'était. Levant les yeux de sa machine, il le salua d'un signe du menton et continua à s'acharner sur son ruban. Dema s'assit en face de lui et, comme d'habitude, attendit qu'il engage la conversation.

Ce que ne manqua pas de faire l'inspecteur :

— David recommence à être insupportable. A huit ans, il s'estime brimé parce que nous n'avons pas la télé par câble. Hier soir, je voulais lui apprendre comment on se sert d'un rabot. Personne ne se sert plus de rabot de nos jours, mais je pensais que ce serait plus créatif que de regarder *Conan le Barbare.*

— Et alors ?

— Il tenait à toute force à aller chez son petit copain d'à côté pour regarder *Conan le Barbare,* mais ma femme n'a rien voulu savoir : il fallait d'abord qu'il range sa chambre qui ressemble à l'heure qu'il est à la Vallée de la Mort. Du coup, il a piqué sa crise. Sur ce, Jonathan s'est mis de la partie en renversant sur le divan du salon le récipient d'eau savonneuse qui sert à David à faire des bulles. David s'est mis à hurler après Jonathan et Jonathan s'est mis à hurler après lui. Ma femme a mis en demeure Jonathan de nettoyer le divan. David s'est plaint que ses parents s'intéressaient moins à lui qu'à Jonathan. Jonathan s'est plaint que ses parents s'intéressaient moins à lui qu'à David. J'en ai conclu que s'ils avaient tous les deux la même impression, il n'y avait pas de bile à se faire : c'était la preuve qu'il n'y avait pas de favoritisme. (Marritt était finalement arrivé à changer son ruban. Il lécha ses doigts noircis et les essuya sur son pantalon.) Enfin, tout ça, ce sont des histoires de famille et je suppose que nous avons des choses plus importantes à nous dire au bureau. Les rapports du labo sur Linda Taylor sont arrivés ?

Dema acquiesça :

— Pour dénicher un suspect, c'est plutôt mal barré. Les empreintes relevées sur le lavabo de la salle de bains sont identiques à celles que l'on a trouvées sur le verre qui était posé sur le rayon de la bibliothèque de la salle de séjour. Le sang qui était sur la serviette appartenait à Linda Taylor, mais les cheveux sont ceux d'un mâle de race blanche. Labo dixit.

— Et l'autopsie ?

— Rien. Drogue, néant. Alcool, néant. Pas de traces de brutalités ni de sévices sexuels. La carotide a été sectionnée d'un seul coup de couteau. La blessure indique que l'assassin est droitier.

Marritt baissa les yeux sur les rapports empilés sur son bureau. Une demi-douzaine de policiers s'étaient mis au travail dans les heures qui avaient suivi la découverte du corps de Linda Taylor. On avait interrogé les amis de la victime, ses voisins, ses collègues et ses proches. Toutes les personnes dont le nom figurait sur son carnet d'adresses avaient été contactées. Et l'on n'avait rien trouvé de particulier. L'un des aspects les plus désagréables des enquêtes criminelles était, de l'avis de Marritt, qu'elles finissent invariablement par violer la vie privée de la victime. On exhume souvent ainsi des liaisons clandestines, des problèmes d'argent et autres détails embarrassants. Mais, pour ce qui était de Linda Taylor, rien de tel jusqu'à présent. Une existence banale. Une famille banale, un travail banal, un appartement banal, des amis banals. Elle avait quitté son agence un beau jour à dix-neuf heures et avait été assassinée quelques heures plus tard.

— Elle a probablement ouvert la porte au meurtrier, dit Marritt à Dema, mais pourquoi l'a-t-elle fait entrer... va savoir ! Peut-être qu'il a frappé en se faisant passer pour un voisin. Peut-être que c'était un vieux copain qu'elle connaissait depuis des années. Si les empreintes relevées sur le verre sont celles de son assassin, il y a des chances pour qu'il ait été invité. (La voix de Marritt trahissait sa déception.) Mais en revanche, on peut tout aussi bien supposer qu'il l'a tuée et qu'il a bu un verre d'eau ensuite.

— Est-ce que c'est bien logique ?

— Pour un tueur ? Bien sûr que oui. Tout est logique. Il s'est lavé les mains, non ? Pourquoi n'aurait-il pas aussi bu un verre d'eau ? Et puisque tu parles de logique, pourquoi les gens ouvrent-ils leur porte à des étrangers ? Pourquoi des femmes, qui n'adresseraient sous aucun prétexte la parole dans la rue à un inconnu, signent-elles de bon cœur des pétitions contre les essais nucléaires en inscrivant leur nom et leur adresse au bas de la feuille, de sorte que n'importe quel dingue qui ramasse les pétitions peut chercher leur numéro dans l'annuaire pour leur passer des coups de téléphone obscènes ou les suivre chez elles ?

Ouvrant une chemise posée devant lui, l'inspecteur feuilleta les coupures de presse qui y étaient classées. Le *New York Times* ne consacrait qu'un bref entrefilet au meurtre. Le *Daily News*, lui, était plus volubile. Le *Post* aussi : l'article faisait vibrer la corde de la sensiblerie — « c'était une douce jeune fille » — et, en guise de conclusion, invitait toute personne susceptible de fournir des renseignements à appeler la police au 520-9200.

— On a reçu des tuyaux ? s'enquit Marritt.

— Oui, mais aucun ne colle.

— Et l'enterrement ?

— On y était et on a photographié tous les gens qui y assistaient.

Marritt passa à une autre chemise, celle des photos des lieux du crime. Rien qui sortît de l'ordinaire à part le cadavre.

— Rien ne prouve que ces empreintes soient celles de l'assassin, finit-il par dire. Mais pour le moment, c'est une bonne hypothèse. A mon avis, il faut continuer les interrogatoires. Un ami nous conduira à un autre qui nous conduira à un troisième, lequel nous conduira à un quatrième. Mais je n'ai pas le sentiment qu'il en sortira grand-chose. C'est trop... aseptique pour que celui qui a fait le coup soit un familier de Linda Taylor.

— Aseptique ?

— Exactement. Tu as vu beaucoup de victimes d'un meurtre qui aient été tuées d'un seul coup de couteau, et un coup de couteau porté avec cette précision digne d'un professionnel ? Tu as souvent vu un assassin laisser ses empreintes un peu partout après avoir fait son coup avec une pareille efficacité ? (Marritt se tut un instant, rassemblant ses idées.) Ce que je veux dire, c'est que nous n'avons pas affaire à un meurtre improvisé — un cambrioleur surpris en plein travail — ou à un crime passionnel au sens traditionnel du terme. Quelqu'un est venu rendre visite à Linda Taylor dans l'intention de la tuer. Quelqu'un qui savait parfaitement comment s'y prendre.

7

Dans les jours qui suivirent sa rencontre avec Kyle, il ne se passa rien d'extraordinaire dans l'existence d'Hannah. Elle donnait ses leçons, se promenait, lisait, faisait tout ce qu'elle faisait habituellement pendant ses heures de liberté. Parfois, elle repensait au temps où elle était étudiante, mais quand ça lui arrivait, elle chassait les souvenirs qui revenaient à la surface. Il y avait dix-huit ans qu'elle les avait déclarés interdits de séjour et elle était bien résolue à ne pas faire revivre le passé. Pendant le week-end, elle assista au concert, alla à un rendez-vous arrangé par des amis et dîna à la pizzeria avec Fergy. Le lundi après-midi, elle reprit le chemin du cours de danse.

— Très bien, Diana. Tiens-toi droite. Première position. Les chevilles qui se touchent et la pointe des pieds en dehors. Maintenant, les pieds alignés... Voilà ! N'écartez pas les genoux sinon ça ne compte pas.

La leçon terminée, elle rentra par le métro. Quand elle pénétra chez elle, il y eut un « oh-merde-automatique ». (« Un *oh-merde-automatique* », lui avait un jour expliqué Fergy, c'est lorsque tu allumes et que l'ampoule saute. Alors, tu fais : « Oh ! Merde ! »)

Elle changea l'ampoule, prit un bain et se prépara à dîner. A neuf heures pile, le téléphone sonna.

— Allô ? Ici Kyle Howard. Tu vas bien ?

Ce fut comme si un poids tombait sur les épaules d'Hannah. Elle savait qu'il l'appellerait — mais pas vraiment. Au fond de son cœur, elle s'y attendait, mais intellectuellement, elle avait choisi de ne pas se préparer à cet événement.

— Oui, ça va. Et toi, Kyle ?

— Moi aussi. (Suivit un long silence.) La semaine s'est bien passée ?

— Très bien. Et la tienne ?

— Elle a été excellente. (Nouveau silence.) Je te téléphone pour savoir si ça te plairait qu'on déjeune ensemble demain.

— Tu es très gentil, mais demain, je suis prise.

— Alors, disons mercredi ?

— Je ne pourrai pas non plus.

— Ah bon... J'ai pensé... Il va y avoir un pont à la fin de la semaine. Je pourrais louer une voiture et on irait passer une journée à la plage.

Le côté ironique de la chose, c'est qu'Hannah n'avait aucun projet pour le long week-end du 4 juillet.

— Je ne pense pas que ce serait une très bonne idée, Kyle. J'ai été ravie d'échanger des souvenirs avec toi mais je ne crois vraiment pas qu'il soit raisonnable de poursuivre plus avant.

— Euh... évidemment. Enfin... je comprends, mais est-ce que je ne pourrais pas te revoir... rien qu'une seule fois ?

— Nous nous sommes déjà vus, Kyle. Pourquoi prolonger quelque chose qui ne marche pas ?

— Je ne te suis pas très bien.

— C'est très simple, Kyle. Je ne veux pas mésestimer ce que tu m'as dit l'autre soir. Je suis sûre que cela venait du fond du cœur. Seulement, je ne partage pas tes sentiments. Je ne suis pas celle que tu t'imagines et, compte tenu de cette conversation, je ne me sentirais pas à l'aise en ta compagnie.

— Bien sûr... ma foi, tu as peut-être raison sur certains points. Moi aussi, j'ai réfléchi à notre conversation de la semaine dernière. Et je pense que les souvenirs d'autrefois y étaient pour beaucoup. Mais ça m'aiderait... te revoir encore une fois... juste une fois, ça m'aiderait à remonter le courant. Ce serait bien, n'est-ce pas ?

— Qu'est-ce qui serait bien ?

— Qu'on se voie encore une fois. Rien qu'une. Pour déjeuner ou faire une balade. De cette façon, ça me serait plus facile de placer les choses dans leur juste perspective.

Hannah sentait sa résolution faiblir. Sans savoir exactement pourquoi.

— Je ne sais pas trop, Kyle.

— Je t'en prie ! On ne ferait que se promener dans le parc. Il me serait alors plus facile d'affronter la situation. (Incroyable : il l'implorait.) On ferait une promenade et...

— Eh bien, d'accord. Va pour une promenade. Mais je ne veux pas te donner de faux espoirs, Kyle.

— Bien sûr. Enfin... c'est épatant. (Le ton de la voix semblait un peu moins désespéré.) Quel est le jour qui t'arrange le mieux ?

— Jeudi. Je te retrouverai à Columbus Circle à deux heures.

C'était fatal : naturellement, le jeudi, il pleuvait. La première idée d'Hannah fut tout simplement de ne pas se rendre au rendez-vous et de laisser Kyle se morfondre sous la pluie, mais elle avait trop le sens de ses responsabilités pour agir de la sorte. Puis elle envisagea de l'appeler pour changer l'heure ou le lieu. Mais elle ne tenait pas à lui téléphoner.

Elle arriva à Columbus Circle à deux heures comme prévu. Kyle faisait le pied de grue à l'angle nord-est du carrefour, vêtu d'un pantalon marron et d'une chemise blanche. Et il avait des caoutchoucs. Hannah était incapable de se rappeler la dernière fois qu'elle avait vu un de ses contemporains porter des caoutchoucs. Il agita le bras dans sa direction et ils s'avancèrent l'un vers l'autre, chacun s'abritant sous son parapluie.

Ce fut Kyle qui entama la conversation :

— Ça n'est pas le temps idéal pour une promenade. On pourrait peut-être aller prendre un café quelque part ?

Hannah acquiesça et ils remontèrnt Broadway. Il

y avait un bistrot un peu plus haut. Ils entrèrent et prirent place dans un box. Kyle commanda une part de tarte aux myrtilles, Hannah un Coca.

— Tu ne veux vraiment pas manger quelque chose ?

— J'ai un cours à trois heures et demie.

Bonne réaction : maintenant, elle avait une excuse toute prête pour filer à trois heures.

— J'ai été voir l'exposition Jackson Pollack au musée d'Art Moderne, enchaîna Kyle. Tu aimes ce qu'il fait ?

— Pas tellement. J'ai toujours trouvé qu'il se répétait.

— Tu as raison. Moi non plus, il ne m'emballe pas. Quels sont tes peintres préférés ?

— De la génération de Pollack ? Paul Klee, Chagall et Edward Hopper.

C'était une conversation inepte. Pour l'heure, ils se moquaient éperdument l'un comme l'autre de la peinture.

— Quand j'étais gosse, poursuivit Kyle, j'ai vu, un jour, une reproduction de la *Vue de Tolède* du Greco, dans un livre sur l'art du XVIe siècle et, pendant des années, j'ai cru qu'il s'agissait de la ville de Toledo dans l'Ohio.

Hannah se força à sourire. Dieu merci, son Coca arriva : elle aurait ainsi la paille pour occuper ses doigts en parlant.

— Tu vas souvent au musée ?

— Quand je peux, répondit-elle.

Son horloge interne lui disait qu'il était deux

heures vingt. Qu'est-ce que Kyle attendait donc de cette entrevue ? Encore quarante minutes à patienter. De la peinture, la conversation dériva sur la théâtre, à croire que Kyle était venu avec une provision de sujets pour qu'il n'y ait ni trous ni silences gênants. Il n'y a rien à espérer, aurait-elle voulu lui dire. Inutile d'essayer de me faire éprouvrer quelque chose que je n'éprouve pas. C'est perdu d'avance. Mais il semblait satisfait d'éviter le sujet de son obsession. C'était lui qui était le maître du jeu, lui qui avait réclamé cette ultime entrevue.

Deux heures trente... deux heures trente-deux... Hannah jeta un coup discret à la montre de Kyle pour avoir confirmation. Jamais le temps ne s'était écoulé aussi lentement.

— As-tu des projets pour le week-end ? voulut-il savoir.

— Je le passe avec des amis.

Deux heures trente-quatre... Deux heures trente-cinq... On abordait maintenant le thème dont il avait déjà été amplement question lors de leur précédent « rendez-vous » : l'époque du lycée.

— Je n'étais pas très populaire, reconnut Kyle. Quand il y avait une soirée, je n'étais jamais invité. En fait d'amis, je n'avais guère que les livres et la télévision pour me tenir compagnie.

Il parut sur le point de poursuivre, puis fit marche arrière.

Deux heures trente-neuf... Deux heures quarante. A quoi bon prolonger ce supplice jusqu'à trois heures ? Hannah ouvrit son sac et sortit son porte-monnaie.

— Il faut que je me sauve, Kyle. J'ai un cours et je ne peux pas me permettre d'arriver en retard.

— Laisse-moi payer.

— D'accord, mais je tiens à régler mon Coca.

Sans doute devrait-elle aussi payer la tarte aux myrtilles de Kyle : l'autre soir, il l'avait invitée à dîner. Mais elle ne voulait pas lui offrir le moindre encouragement.

— Bon, O.K. ... Je suis content de t'avoir vue.

Hannah se leva.

— Je te souhaite une bonne fin de journée, Kyle.

— Moi aussi... Je... On pourrait peut-être se revoir de nouveau la semaine prochaine ?

Le mieux était de ne pas répondre.

— Ce serait possible ? insista-t-il.

— Je ne le pense pas, Kyle.

— Mais pourquoi ?

— Kyle, je t'ai déjà dit quels étaient mes sentiments à ton égard. Tu as tenu à ce qu'on se revoie une dernière fois. J'ai accepté, mais maintenant, c'est fini.

— Je ne comprends pas. Enfin... je ne demande pas mieux qu'on continue à se voir en amis.

Hannah respira un grand coup :

— Les choses ne sont pas aussi simples dans la vie. Je ne me sentirais pas à l'aise et ce n'est pas ce que tu souhaites. D'ailleurs, je te répète que je ne suis pas celle que tu crois. Même si nous nous revoyions, tu ne serais pas heureux.

— C'est possible. Mais il est possible, aussi, qu'à la longue, tes sentiments pour moi changent.

La colère commençait à gagner Hannah.

— Ecoute, Kyle... il n'est pas sain de raisonner comme ça. Il y a des tas de gens qui ont eu un béguin pour quelqu'un et qui y ont survécu !

— O.K. Mais je te propose une chose : tu réfléchis à tout ça et je te passerai un coup de fil la semaine prochaine.

— J'aimerais mieux pas. J'ai ton numéro. Si je change d'avis, je t'appellerai. Mais n'y compte pas trop, je préfère te le dire tout de suite.

Hannah avait un début de migraine. Va-t'en, avait-elle envie de crier. Laisse-moi tranquille.

— Bon. En tout cas, si tu t'y décides, je ne bouge pas de la semaine.

Elle avait peut-être le temps de faire un saut à l'appartement avant le cours pour boire un café instantané et combattre cette migraine naissante. Kyle la contemplait comme si elle était une espèce de déesse mythologique. Quelle heure était-il ? Pas loin de trois heures. Sa leçon était à trois heures et demie. Oui, elle pourrait sûrement passer à l'appartement sans se retarder.

— Kyle, je vais être en retard. Il faut que je m'en aille, maintenant. Au revoir.

— Tu veux que je te dise une chose ? Tu es ma Catherine.

— Quoi ?

— J'ai l'impression d'être Heathcliff et tu es ma Catherine. *Les Hauts de Hurlement.* Ils s'aimaient après avoir été pourtant séparés pendant des années.

— Oui, Kyle, s'entendit-elle répondre sans même

avoir réfléchi. J'ai lu le livre et j'ai vu le film. Mais tu n'es pas Laurence Olivier. Et il y a un autre détail que tu oublies : Heathcliff et Catherine étaient des amoureux, et ce avant leur séparation.

*

La grande salle de lecture de la Bibliothèque municipale était étonnamment confortable. On avait largement la place de travailler sur les longues tables de bois marbré — il y en avait vingt-quatre. Son haut plafond et ses huit lustres de cuivre lui donnaient une touche d'élégance.

Il était cinq heures et demie. Alison Schoenfeld considéra les papiers étalés devant elle et se massa les paupières. La bibliothèque fermerait dans une demi-heure. Cela faisait déjà deux ans qu'elle travaillait sur sa thèse : partir une demi-heure plus tôt ne changerait pas grand-chose. Ouvrant son porte-documents, elle se mit à rassembler ses papiers. C'est alors qu'elle remarqua l'homme debout devant la table voisine de la sienne. Un peu moins d'un mètre quatre-vingts, de trente à trente-cinq ans, les cheveux châtains, l'air sympathique. L'espace d'un instant, Alison pensa qu'il l'avait regardée. Il mit son livre sous son bras et prit la direction de la porte. La jeune femme vit alors que son portefeuille dépassait de sa poche revolver, comme si un pickpocket avait essayé de le lui subtiliser, mais sans y réussir. Soudain, comme s'il était télépathe, le portefeuille tomba à terre.

— Monsieur ! appela Alison.

Le type ne parut pas l'avoir entendue. Il continua son chemin.

— Monsieur !

Elle avait encore parlé trop bas pour attirer son attention. Et elle était dans une bibliothèque : elle n'avait pas envie de crier. Si bien qu'elle alla ramasser le portefeuille et rattrapa l'homme au moment où il arrivait à la porte.

— Excusez-moi, mais vous avez perdu votre portefeuille en partant.

Instinctivement, il porta la main à sa poche revolver.

— Oh ! mon Dieu ! Je vous remercie.

Alison lui tendit le portefeuille.

— Je vous remercie, répéta-t-il en secouant la tête. C'est bien la première fois que ça m'arrive.

Ils passèrent devant le vigile de garde, descendirent l'escalier de marbre de deux étages aboutissant à la porte tambour donnant sur la 5e Avenue.

— Je ne saurais vous dire à quel point je vous suis reconnaissant, reprit-il. On entend dire des choses épouvantables sur New York et les New-Yorkais, mais, grâce à vous, j'ai retrouvé ma confiance en eux.

Dehors, il pleuvait. L'homme se rapprocha d'Alison et ouvrit son parapluie.

— Est-ce que je peux vous accompagner quelque part ? Le moins que je puisse faire est de vous protéger des intempéries.

Pourquoi pas ? se dit Alison. Avec cette pluie, la

moitié d'un parapluie valait mieux que pas de parapluie du tout.

— Je rentre chez moi. J'habite entre Park Avenue Sud et Madison. Si ce n'est pas votre chemin, vous n'aurez qu'à me laisser à un arrêt d'autobus.

— Il n'en est pas question. Je serai ravi de vous raccompagner jusqu'à votre porte. Je me présente : Arnold Tinsley.

— Alison.

— Qu'est-ce que vous faisiez à la bibliothèque ?

— Je prépare une thèse.

Il n'était pas dans les habitudes d'Alison d'adresser la parole à des inconnus, mais Arnold avait l'air tout ce qu'il y a de gentil. Et ce n'était pas comme s'il avait cherché à la draguer. C'était un portefeuille à l'esprit volage qui avait établi le contact entre eux. Mais ça la tracassait qu'il puisse la prendre pour une simple étudiante. A trente-deux ans, ça la ficherait mal. Aussi ajouta-t-elle :

— Je prépare une thèse de doctorat à l'université de New York, mais je n'y travaille qu'à mi-temps. En dehors de ça, je suis assistante sociale.

A sa grande surprise, il manifesta de l'intérêt pour son travail. La plupart des gens le trouvaient barbant. C'était agréable de tomber sur quelqu'un que son boulot paraissait intéresser. Il tombait des cordes et elle était bien contente de bénéficier de ce coin de parapluie. A l'angle de la 29e Rue, elle tendit le bras :

— J'habite un peu plus bas.

Arnold regardait droit devant lui en direction de la 28e Rue et Alison crut qu'il n'avait pas entendu.

— Tournez à gauche, fit-elle.

— Continuons jusqu'à la prochaine intersection.

— Mais c'est dans la 29e Rue que j'habite.

— Je sais, mais allons quand même jusqu'au bout du bloc.

— Pourquoi ?

— Vous verrez.

Alison haussa les épaules. C'était lui qui avait le parapluie. Il n'y avait sans doute aucun mal à...

Soudain, elle comprit pourquoi il voulait faire ce détour : à l'angle de la 5e Avenue et de la 28e Rue, silhouette solitaire sous l'averse, il y avait un marchand qui vendait des roses à longue tige. Quand ils furent arrivés à sa hauteur, Arnold lui tendit un dollar, prit une rose et, d'un geste théâtral, l'offrit à Alison.

— A mon sauveur. Sans vous, je n'aurais pas eu d'argent pour acheter cette rose.

— Arnold, vous êtes un amour.

— Merci.

Alison n'avait rien de prévu pour la soirée. Ce n'était pas tous les jours qu'un inconnu lui offrait une rose à longue tige.

Ils revinrent sur leurs pas, puis prirent la 29e Rue et arrivèrent bientôt devant le porche de l'immeuble d'Alison. C'était maintenant ou jamais. Ou tu l'invites ou tu ne le reverras plus.

— Vous ne voulez pas monter prendre une tasse de café ?

— Avec le plus grand plaisir.

C'était vrai. Quand la femme prenait l'initiative, cela lui donnait de l'assurance.

8

Le soleil revint pour le 4 juillet. Un temps idéal pour aller à la plage. Sauf qu'il n'était pas question de plage. Hannah fit la grasse matinée et prépara un déjeuner léger avant d'aller retrouver Fergy pour une promenade dans Central Park.

— Ça a été une longue nuit, cette nuit, lui annonça-t-il d'emblée.

— Comment ça se fait ?

— Un rendez-vous loupé. Quand je suis arrivé à son appartement, la porte était ouverte et elle était assise par terre plus ou moins dans la position du yoga. Pour relâcher la tension ou pour la provoquer, je ne sais pas lequel des deux. (Le hurlement vociférant d'un magnétophone interrompit Fergy.) Bref, poursuivit-il une fois le calme revenu, j'ai dû attendre dix minutes sans ouvrir la bouche qu'elle ait fini son mantra. Alors, je l'ai emmenée dîner et elle a exclusivement parlé de Pac-Man, de signes astrologiques et de Madonna. Après quoi, elle a proposé qu'on retourne chez elle. Je l'ai suivie. Je ne sais pas trop pourquoi. Je suppose que c'était parce qu'elle avait les cheveux blonds. Je me disais que j'avais de la veine, moi qui n'ai jamais eu beaucoup de chance avec les blondes. On s'est embrassé une ou deux fois. Et puis, elle m'a mordu la langue.

— Elle t'a quoi ?

— Mordu la langue. Ça m'a fait un mal de chien. Quand j'ai arrêté de gueuler, elle m'a dit qu'elle aimait les trucs bizarres en amour et que je pouvais lui faire tout ce que je voulais. Après réflexion, je suis arrivé à la conclusion que ce que je voulais plus que tout au monde, c'était de fiche le camp. C'est donc ce que j'ai fait. (Fergy s'arrêta, se tourna vers Hannah et tira la langue.) Tu vois ? Cette petite marque rouge ? C'est elle qui m'a fait ça.

Hannah examina la plaie et la langue de Fergy reprit la place qui lui était dévolue. Ils se remirent à marcher en direction du hangar à bateaux au bord du lac. Le parc était rempli de pique-niqueurs, d'amateurs de vélo et d'adorateurs du soleil. Pourquoi sors-tu avec ce genre de femmes ? eut envie de demander Hannah. Parce que c'était la vérité : il sortait toujours avec des cinglées ou des femmes avec lesquelles il couchait une fois et ne revoyait plus jamais. Mais elle ne posa pas la question parce que le rendez-vous avait été un fiasco et qu'elle-même était sortie avec un gars encore plus dingue.

— J'ai vu Kyle Howard hier, avoua-t-elle comme ils arrivaient au hangar à bateaux.

— Quoi ?

— J'ai vu Kyle... pour prendre un verre avant mon cours.

— Pourquoi ?

— Je ne sais pas. Il a appelé. Il m'a suppliée... implorée. Tout ce qu'il voulait, c'était qu'on se promène. Qu'est-ce que je pouvais lui dire ? Je crois que je suis une dégonflée.

— C'est l'évidence même. Mais quand on reçoit un coup de téléphone obscène, en principe, on raccroche.

Hannah ne poursuivit pas la conversation sur ce terrain.

— Je comptais lui demander si c'était lui qui m'avait envoyé les roses, dit-elle. Et puis, j'ai pensé que cela ne servirait à rien parce qu'il le nierait. Ecoute, c'était idiot d'accepter cette rencontre, mais c'est fait. Alors, si on parlait d'autre chose ?

Un marchand vendait des esquimaux. Hannah estima qu'elle avait faim et annonça que c'était elle qui régalait. Tous deux les choisirent à la vanille. Elle paya, puis ils allèrent s'asseoir face à face à l'ombre d'un arbre.

— Tu ne regrettes jamais Wall Street ? demanda Hannah, toujours bien décidée à embrayer sur un autre sujet.

— Pas vraiment. Il m'arrive parfois en regardant ma feuille de paye de regretter que le chèque ne soit pas plus conséquent, mais dans l'absolu, je suis content comme ça. (Une écaille de l'enrobage de chocolat de son esquimau tomba dans l'herbe. Fergy la regarda, se demandant s'il allait la ramasser et la croquer ou la laisser où elle était. Ce fut la seconde solution qu'il choisit.) D'ailleurs, j'aime bien les gens de la municipalité alors que, dans la banque, ce sont à peu près tous des sales cons. Et toi ? La danse te manque ?

— En permanence. Je me rappelle encore le premier ballet auquel j'ai assisté au Lincoln Center tout de suite après avoir quitté l'American Theatre. J'étais là, assise au milieu du public, à pleurer comme une idiote parce que je me rendais compte que je ne danserais jamais plus. C'était, en quelque sorte, la fin de l'innocence : de l'existence telle que je la rêvais, si tu veux. Dès lors, j'ai dû tirer un trait et repartir sur de nouvelles bases. (Ils avaient terminé leurs esquimaux. Ils se levèrent et reprirent leur promenade.) Je m'en tirerai, conclut Hannah. Nous nous en tirerons tous les deux. Mais le fait est que nous n'avons vraiment ni l'un ni l'autre ce que nous souhaitons.

— Que veux-tu dire ?

— Allons, Fergy ! Nous nous connaissons trop bien pour jouer à ce petit jeu. Tu collectionnes les aventures avec des régiments de femmes qui, au fond, ne t'intéressent pas. Moi, je tourne en rond parce que je n'ai pas trouvé ce que je cherche. Nous ne sommes satisfaits ni l'un ni l'autre. (Fergy fut surpris par l'intensité de l'émotion de la jeune femme.) Regarde-nous. Regarde-moi. Quand as-tu été amoureux pour la dernière fois ? Combien de fois m'as-tu dit que tu n'as pas de problème pour établir des relations suivies, mais que tu t'en abstiens parce que tu n'as pas encore trouvé la femme avec qui tu voudrais partager ta vie ?

— Je ne te suis pas très bien.

— Je dis que nous tournons tous les deux sur un manège de chevaux de bois. Tout ce que je t'entends dire, c'est que tes rapports avec Mlle X sont gâchés parce qu'elle ronfle. Que tu es sorti avec Mlle Y et qu'elle a des seins si volumineux que sa place n'est pas dans *Playboy*, mais plutôt dans *National Geographic*. Que Mme Z n'est pas une lumière et qu'elle t'a mordu. Pour l'heure, ce qu'on peut dire de nous, et particulièrement de toi, c'est que nous savons ce que *devraient* être nos aspirations et nos désirs, mais pas ce qu'ils sont.

— Tu n'y vas pas avec le dos de la cuiller, aujourd'hui, tu ne trouves pas ?

— Mais j'ai raison, non ? (Comme Fergy ne répondait pas, elle répéta :) Non ?

— Peut-être.

Hannah se demanda ce qui la prenait. Quelle mouche l'avait-elle piquée pour qu'elle se lance dans cette tirade ? D'habitude, les aventures amoureuses de Fergy étaient seulement matière à plaisanterie.

— Je suppose que ni toi ni moi ne sommes des miracles d'équilibre. Nous nous situons probablement à mi-chemin entre un individu normal et Kyle.

Kyle ! Mais bien sûr ! Kyle qui revenait subrepticement à la surface. C'était sa faute à lui.

— S'il te retéléphone, suggéra Fergy, dis-lui donc de venir voir les bosses et les cals de tes pieds de ballerine. Ça devrait suffire à te débarrasser de lui.

Hannah n'était pas d'humeur à plaisanter. Pas pour le moment, en tout cas. Et elle ne voulait pas mettre le doigt dans l'engrenage des problèmes de Kyle. Or précisément, par cette belle journée ensoleillée dans le parc, c'était ce qui était en train de se passer.

C'était une situation inquiétante. Inquiétante et insolite. Parfois, la nuit, dans son lit, elle se demandait : « A qui est-ce que je rêve ? A quoi ressemble-t-il ? A-t-il un nom ? » Mais le fantasme de Kyle était infiniment plus simple : il s'appelait Hannah.

Elle se tourna vers Fergy :

— Je ne veux pas qu'on me mette sur un piédestal. Ni Kyle ni personne. Cela me donne le mal de l'air.

Fergy sourit.

Mais la désinvolture ne pouvait rien changer, ne pouvait gommer le fait qu'Hannah s'inquiétait de plus en plus. Elle pensait de plus en plus fréquemment à Kyle. Il y avait quelque chose chez lui... certaines émotions qui ne s'étaient pas ouvertement exprimées, mais dont Hannah sentait la présence. Comment expliquer cela ? Peut-être par analogie avec les trous noirs. Les astronomes ne les observaient pas directement, mais ils savaient qu'ils étaient là à cause des perturbations qu'ils provoquaient dans leur voisinage.

En voilà assez, se dit Hannah. Kyle lui embrouillait les idées. Et elle avait peur de s'interroger sur les raisons qui l'avaient conduit à entrer soudain dans sa vie.

*

Assis à son bureau, Richard Marritt discutait avec son coéquipier, Jim Dema, tout en grignotant des gaufrettes au chocolat. Il avait une sainte horreur des jours de fête. On fêtait le 4 juillet et le réveillon du jour de l'an par des feux d'artifice et le nombre d'explosions qui secouaient la ville tels des coups de fusil tirés par les fêtards était quelque chose d'étonnant. Halloween[1] ? « Il y a un million de gens qui gambadent avec des masques et je me dis toujours que la moitié d'entre eux sont des voleurs à main armée », ronchonnait-il. Noël ? « On a des foules de types qui dépouillent leurs contemporains et on les relâche avec un non-lieu parce qu'ils disent aux juges qu'ils avaient besoin d'argent pour faire des cadeaux à ceux qu'ils aiment. »

Il mordit dans sa gaufrette et se demanda de quelle marque il s'agissait. David's ? Mrs. Fields ? Famous Amos ? Dans le temps, c'était Schrafft qui fabriquait les meilleurs biscuits de New York. Son chocolat était quelque chose d'extraordinaire. Mais à quoi bon évoquer des souvenirs de cette époque devant Dema ? Comme le président Kennedy, Schrafft datait de bien avant lui.

— Ma femme a l'intention de changer de place les meubles du living pendant le week-end, apprit-il à

1. Veille de la Toussaint, marquée aux U.S.A. par des bals costumés.

Dema. Pour lui donner un nouveau look, selon son expression. En fait je crois qu'elle veut seulement que je déplace le divan pour pouvoir passer l'aspirateur derrière.

— Dis-lui que tu ne peux pas à cause de ton dos.

— C'est ce que j'ai fait. Total, elle m'a balancé un regard au vitriol et, aussi sec, j'ai culpabilisé. (L'inspecteur avait terminé son en-cas. Il s'empara du *Daily News* posé sur son bureau et ouvert à la page des sports.) Les Mets ont encore perdu, soupira-t-il en secouant la tête. Les Yankees aussi... Et le maire assistait au match, continua-t-il, poursuivant sa lecture. Le public devait être électrisé. (Marritt tourna la page après un coup d'œil au gros titre souhaitant de bonnes fêtes aux lecteurs.) Tiens... la bijouterie Sturbridge a été inculpée hier de fraude à la T.V.A. Elle faisait des fausses factures pour ses clients. C'est quelque chose, ces bijouteries. Si tu savais combien de bonshommes achètent des bijoux pour leurs maîtresses, tu en resterais sur le cul. Les clients entrent, ils regardent les bagues et les bracelets dans des pièces spéciales. Il y a même de ces magasins qui ont des entrées et des sorties secrètes.

Page suivante.

— Ah ! Voilà que le gouverneur remet ça. Davantage de crédits pour les chômeurs et moins pour les flics. Si tu veux mon avis, on devrait mettre d'autorité tous les chômeurs au travail : à faire la lecture aux personnes âgées ou à balayer les rues. Tu verrais combien de demandeurs d'emploi auraient vite fait de se trouver un boulot.

Page 4. Les projets de réforme fiscale. Des troubles en Afrique du Sud : la poudre a parlé.

Page 5.

— Oh, merde ! Regarde ça...

Dema se pencha et lut le gros titre en caractères gras : LA ROUSSE DE L'EAST SIDE ASSASSINEE CHEZ ELLE. Marritt se mit à lire l'article à haute voix, s'interrompant de temps à autre pour dévisager son coéquipier : « Une assistante sociale de trente-deux ans a été découverte hier soir égorgée dans son appartement de la 29e Rue Est. D'après la police, elle a été trouvée par une voisine qui venait lui rendre visite ; elle a entendu de la musique qui venait de l'intérieur et a constaté que la porte était ouverte. Il est dit dans le rapport établi par le 13e commissariat que le corps d'Alison Schoenfeld gisait, tout habillé, sur le plancher de la salle de séjour. L'artère carotide a été sectionnée d'un unique coup de couteau. La mort remonterait approximativement à 19 heures. (Marritt avait l'impression d'avoir l'estomac pris dans un étau.) Les amis et les parents de Miss Schoenfeld sont bouleversés. « C'était la dernière personne à qui une chose pareille devait arriver », nous a déclaré Miss Trucott qui demeure... (Marritt, négligeant la rhétorique d'usage, chercha plus loin des informations plus consistantes.) Rien ne permet de penser que la victime ait subi des sévices sexuels... Il n'y a pas de traces d'effraction ni d'indices permettant de penser que le vol est le mobile du crime... Miss Schoenfeld est la seconde jeune femme à avoir été poignardée dans son propre appartement au cours des semaines écoulées. Il y a seize jours, Linda Taylor, domiciliée 259 73e Rue Est... »

— Pas la seconde — la troisième, marmonna Marritt. Il y en a eu une autre dans l'East Side. Ethel quelque chose en avril.

— Tu es sûr ?

— Absolument. J'ai lu ça dans les journaux. Ça fait trois assassinats dans trois quartiers différents et avec les mêmes particularités.

— C'est peut-être une coïncidence.

— Je ne crois pas aux coïncidences. Pas à une coïncidence pareille, en tout cas. (Marritt repoussa le journal et récapitula à haute voix les éléments essentiels des trois homicides :) Linda Taylor poignardée. Carotide sectionnée. Pas de traces d'effraction apparentes, pas de sévices sexuels et le corps de la victime entièrement habillé retrouvé dans l'appartement. Seize jours plus tard, même chose pour Alison Schoenfeld. Et je te parie tout ce que tu veux que les choses se présentent exactement de la même façon dans le cas d'Ethel Machin-Chouette, mais il y a tant de divisions administratives dans l'organigramme de la police de cette ville qu'il faut que les journaux en parlent pour qu'on puisse établir des recoupements.

Dema attendait que son aîné continue comme il le faisait d'habitude mais, cette fois, Marritt restait silencieux.

— A quoi penses-tu ? finit-il par lui demander.

Le silence se prolongea. Enfin, l'inspecteur le rompit.

— Je pensais, fit-il lentement, que le manque de coordination entre les commissariats n'est pas le problème. Le vrai problème, c'est qu'il y a quelque part dans New York un détraqué qui tue son prochain avec une redoutable efficacité. Et quels que soient ses mobiles, on n'en a pas fini avec cet énergumène.

9

Pour Hannah, le reste du week-end de la fête nationale se passa à peu près comme prévu. Elle lut, regarda la télévision, fit des courses et dîna avec un flirt qu'elle jugea de plus en plus assommant. Lorsqu'ils se furent quittés, qu'il lui eut affirmé avoir passé une soirée merveilleuse et ne manquerait pas de lui faire signe, Hannah se demanda pourquoi elle s'obstinait à sortir avec des garçons. Comme Fergy, elle ne trouvait apparemment jamais ce qu'elle croyait rechercher. Mais, contrairement à lui, cette quête perpétuelle lui déplaisait et les aventures sans lendemain ne l'intéressaient nullement.

La troisième rose décapitée arriva au courrier du

lundi. D'après le cachet, la longue boîte étroite enveloppée de papier kraft avait été postée le 5 juillet. Avant même d'avoir ouvert le paquet, Hannah sut ce qu'il contenait : une tige étêtée, des feuilles flétries et une carte de visite anonyme portant l'inscription LCASRQLRNCP. Elle considéra longuement la carte et la rose sans tête. Pourquoi ? C'était la seule question qui lui venait à l'esprit. Pourquoi ?

Il y avait aussi au courrier un relevé de la MasterCard et une enveloppe blanche portant une adresse d'expéditeur. Une adresse de la 88e Rue Ouest. Elle l'ouvrit et en sortit une carte de vœux illustrée d'un petit ours et ce message manuscrit :

O mon amour, ma bien-aimée,
J'ai aspiré à ton contact
Dans une longue solitude.
Kyle

Unchained Melody. Une jolie chanson qu'elle ne pourrait plus jamais entendre sans répugnance. Chaque fois que ça lui arriverait, elle penserait automatiquement à Kyle.

L'écriture de la carte n'était pas la même que celle du libellé des paquets qui arrivaient avec les roses. Elle était en cursive et était très vraisemblablement l'écriture normale de Kyle, alors que l'adresse des paquets était rédigée en lettres d'imprimerie qui semblaient tracées à la règle.

Le temps passe si lentement, et le temps peut
faire tant de choses
Es-tu toujours mienne ?

Malgré elle, les paroles de la chanson résonnaient dans l'esprit d'Hannah :

J'ai besoin de ton amour
Que Dieu m'envoie
Ton amour

Hannah roula la carte de vœux et l'enveloppe en boule, les fourra dans le carton avec la rose et jeta le tout en sortant. Elle prit le métro pour aller faire son cours et s'absorba dans son travail pour chasser Kyle de son esprit.

— Daniele, tu ne gardes toujours pas la troisième position assez longtemps... Sherry, si tu écartes les genoux, ça ne compte pas... Joanna, lève la main droite.

Le lendemain, Hannah passa la matinée à faire sa lessive et le ménage. Au menu du déjeuner, une pizza. C'était là un des rares avantages de ne plus être une danseuse professionnelle : elle était libre de manger ce qui lui chantait. Elle fit un tour, écrivit quelques lettres, puis donna à nouveau deux heures de cours. Après, ce fut le bain rituel et elle dîna seule en lisant le *New York Times.* Rien que des nouvelles sinistres en première page comme d'habitude. Le titre d'un article en bas à gauche lui attira l'œil : LA POLICE ÉTABLIT UN LIEN ENTRE

LES MEURTRES. Elle commença à lire tout en mâchonnant un sandwich au fromage et un avocat :

Les reponsables des Services de la police de la ville de New York ont déclaré que les assassinats au couteau de trois femmes qui ont eu lieu à Manhattan depuis le début de l'année sont l'œuvre d'un seul et même individu. Elles ont toutes été retrouvées dans leur appartement entièrement vêtues et il n'y avait aucune trace d'effraction ni de vol. Au cours d'une conférence de presse, l'inspecteur Richard Marritt a confirmé que les empreintes retrouvées chez Ethel Purcell, Linda Taylor et Alison Schoenfeld, assassinées respectivement le 18 avril, le 17 juin et le 3 juillet, concordent.

L'enquête, a précisé l'inspecteur Marritt, prouve que les trois femmes se trouvaient dans le centre de Manhattan peu de temps avant leur mort. La police pense que dans chaque cas, l'assassin peut être entré en relation dans un lieu public avec sa victime, qui l'a ensuite invité chez elle. « Dans l'état actuel de l'enquête, a-t-il ajouté, nous possédons des empreintes, mais aucun suspect à qui les attribuer. Nous demandons à toute personne possédant des renseignements susceptibles de faire progresser les recherches, d'apporter son aide à la police. »

Normalement, Hannah ne s'intéressait pas aux faits divers criminels, mais cette fois, elle s'identifiait aux femmes assassinées et poursuivit sa lecture :

« Je ne sais pas comment m'exprimer pour me faire comprendre, a ajouté l'inspecteur Marritt. Tout ce que je peux dire, c'est que chaque fois qu'une femme introduit chez elle un homme qu'elle ne connaît pas, elle prend un risque grave. »

Au cours de cette même conférence de presse, le chef de la police de New York, Harvey Grandfort, a annoncé que les enquêtes concernant ces assassinats ont été placées sous un commandement unifié. « L'arrestation de ce désaxé est une mission hautement prioritaire », a-t-il déclaré.

Une équipe de trente policiers a été constituée et placée sous l'autorité de l'inspecteur Marritt qui s'est distingué l'année dernière lors de l'enquête qu'il avait menée sur l'assassinat de trois musiciens du Lincoln Center. Les personnes qui seraient en mesure d'apporter des renseignements sur les meurtres des trois jeunes femmes sont priées d'appeler...

Le téléphone sonna. Hannah reposa son journal et décrocha.

— Allô ?

— Bonsoir. C'est Kyle.

S'il y avait quelqu'un avec qui elle ne souhaitait pas parler pour l'instant, c'était bien lui. Il était le numéro un sur sa liste des indésirables — peut-être le numéro deux, juste après le colonel Khadafi.

— Je te téléphone seulement pour savoir comment tu vas.

— Je vais bien, merci.

— Qu'est-ce que tu as fait depuis l'autre jour ?

— Rien de particulier.

— Pour moi aussi, ça a été le calme plat. Dis donc, si on déjeunait ensemble, demain ?

— Impossible. Je suis prise.

— Et jeudi ?

— Je suis prise aussi jeudi.

— Alors, vendredi ? Ou pendant le week-end ?

— Ecoute, Kyle, j'essaie d'être gentille, mais je ne crois pas que ce serait une bonne chose de sortir ensemble.

— Non, bien sûr... je comprends que tu ne veuilles pas qu'on ait des rapports de ce genre, mais je ne vois pas quel mal il y aurait à ce qu'on se voie en copains.

L'exaspération gagnait Hannah.

— Nous ne sommes pas des copains, Kyle. Je ne veux pas déjeuner avec toi. Je ne veux pas sortir avec toi. Je crois qu'il est temps que tu regardes la vérité en face.

— Mais tu ne me connais pas. Si tu prenais le temps, tu comprendrais. Je suis digne de toi, tu sais... tout à fait digne de toi.

On nage en plein délire, se dit Hannah. Il est complètement cinglé.

— Je sais que tu n'as pas les mêmes sentiments que moi, reprit Kyle. Je l'admets. Mais...

— Je vais raccrocher, Kyle.

— Non, écoute-moi, je t'en prie... rien qu'une minute. Je me rappelle comme si c'était hier la première fois que je t'ai vue. J'étais dans tous mes états parce que c'était une nouvelle boîte. On m'avait fait transférer et je n'avais pas d'amis. Mon ancienne boîte, je la détestais, mais au moins, je connaissais des gens. Seulement, on avait déménagé et j'arrivais au beau milieu de l'année.

Elle devrait raccrocher.

— C'était mon premier jour. Mon quatrième cours. Et personne ne m'avait adressé la parole. Et puis, je t'ai vue. C'était pendant le cours d'anglais de M. Quinn. Tu avais une jupe bleue et un pull blanc. Je n'avais jamais vu une fille comme toi. Et tu m'as dit bonjour. Tu étais la première personne de tout le lycée à m'avoir adressé la parole.

— Il s'agit du passé, Kyle. Nous avons maintenant trente-cinq ans tous les deux.

— Tu ne comprends pas ? Quand je me couche, le soir, je fais semblant que c'est avec toi. Le matin, je me réveille en pensant à toi. Je n'ai jamais fréquenté une autre femme. Il y a...

— Arrête !

— Je ne peux pas. S'il te plaît, écoute-moi, c'est tout ce que je te demande. Si seulement on pouvait être amis, je n'exigerais jamais rien de toi. Tu pourrais toujours compter sur moi.

Il déraille complètement, pensa Hannah. Il est siphonné, ce type.

— Tu sais ce que ça représente pour moi de passer ma vie à avoir la bouche sèche chaque fois que je pense à toi ? De faire le pied de grue devant le téléphone dans l'espoir que tu vas m'appeler ?

— C'est inutile, je ne t'appellerai pas.

— Mais il le faut !

— Fiche-moi la paix, Kyle. Cherche-toi un autre fantasme.

— Mais je n'en ai pas d'autre que toi.

Le désespoir qui perçait dans la voix de Kyle avait presque quelque chose de menaçant.

— Ecoute, Kyle, cette conversation ne nous mène à rien. Tu me fais peur. Je ne veux plus que tu téléphones. Je ne veux plus que tu m'envoies de cartes. S'il te plaît, fiche-moi la paix.

Il y eut un silence. Puis :

— Hannah, je t'aime.

— Je raccroche.

— Non, je t'en supplie. C'est juste...

Clic.

*

Fergy était en train d'écouter un disque dans sa chambre quand Hannah l'appela. Elle lui narra par le menu la dernière en date des effusions de Kyle, ce qui lui prit plusieurs minutes.

— Je dois te rendre cette justice. Question

hommes, tu t'y connais pour les choisir, fit-il lorsqu'elle eut terminé.

— Mais je n'ai rien choisi du tout. Il m'a écrit une lettre et il m'a invitée à dîner.

— Mais tu es sortie avec lui et tu l'as encore revu alors que tu savais que c'est un dingue.

— J'ai besoin d'aide, Fergy, pas d'une engueulade.

— Ne quitte pas. Je vais éteindre la chaîne. (Il y eut une pause, puis le trio Crosby, Stills et Nash se tut et Fergy revint en ligne.) Je voudrais te poser une question. Comment épelles-tu Hannah à l'envers ?

Mais ce n'était visiblement pas le moment de faire de l'humour.

— Bien, soupira Fergy. Faisons travailler nos méninges, on verra bien ce qui en sortira. Pourquoi Kyle est-il obsédé par toi ?

— Comment le saurais-je ?

— Creuse-toi un peu la tête, Banana. Essaie de te mettre dans sa peau. Il en pince pour toi depuis que vous étiez en classe ensemble, c'est évident. Et il est non moins évident que tu as simplement servi de catalyseur aux problèmes qui le travaillaient depuis longtemps, bien avant de te connaître.

— Et alors ?

— Alors, c'est, par définition, un type qui était terriblement malheureux lorsqu'il est arrivé à l'âge de la puberté. Et puis, il t'a vue. Tu étais belle, tu étais gentille avec lui et, compte tenu de ta vie familiale, tu étais malheureuse, toi aussi. En plus, tu étais une danseuse, le symbole de la beauté, de la grâce, de la perfection et de la force : le rêve idéal, quoi.

— Mais ça remonte à dix-huit ans. Tu n'as pas l'air de comprendre, Fergy. Quand il m'a dit il y a quinze jours que je l'obsédais depuis des années, c'était au sens littéral qu'il parlait. Je n'exagère pas. Ça fait près de vingt ans que je suis son idée fixe.

Pendant le silence qui suivit, Fergy réfléchit à ce qu'il convenait de répondre. Peut-être que Kyle avait une liste de femmes-obsession ? Non. Eu égard aux circonstances, il y avait peu de chances pour qu'Hannah trouve ça drôle.

— Laisse-moi te poser une question, fit-il finalement. Quand il t'a dit qu'il rêvait de toi... a-t-il précisé la nature de ces rêves ?

— Je ne le lui ai pas demandé.

— Penses-tu que ce sont des rêves de violence ?

— Non. Et je ne tiens pas à le savoir.

Hannah regrettait également que Fergy lui ait posé cette question-là. Comme si elle n'avait pas déjà assez peur comme ça !

— J'ai une idée. Envoie-lui un étron.

— Quoi ?

— Envoie-lui un étron. C'est génial, Hannah ! Tu l'enveloppes dans du papier d'alu, tu le mets dans une boîte et tu le lui expédies avec une carte sur laquelle tu auras marqué LCASR ou je ne sais quoi... les lettres qu'il aligne avec ses envois, quoi. Aucune loi n'interdit d'expédier une merde par la poste.

— Fergy, tu es cinglé.

— Je sais, mais c'est une idée épatante. La réponse de la bergère au berger. De la crotte contre des roses mortes. Ça lui apprendrait.

— La question n'est pas là. Je n'ai pas envie de lui rendre la monnaie de sa pièce. Je veux qu'il me fiche la paix, c'est tout.

— Peut-être qu'il ne retéléphonera plus.

— Et peut-être qu'il retéléphonera.

— Pourquoi ne te ferais-tu pas mettre sur la liste rouge ?

— Parce que je n'ai aucune envie de me couper du reste du monde.

Suivit un silence.

— Qu'en penses-tu, Fergy ?

— Pas grand-chose. J'essaie seulement d'imaginer ce qui se passe dans le crâne de ton Kyle. Il a trente-cinq ans, peut-être trente-six. Ses fantasmes ne lui suffisent probablement plus pour se protéger du réel. Tu polarises tout ce qu'il juge désirable. Alors, il se braque sur toi. C'est ainsi qu'il a fini par décider de prendre contact avec toi. Il a besoin qu'on vienne à son aide, mais il a besoin, aussi, que ce soit toi qui l'aides, et personne d'autre. Je ne sais pas... il y a peut-être un peu de Kyle en chacun de nous.

— Tu cherches à ce que je m'apitoie sur son sort ?

— Non, pas du tout. Ce n'est nullement un appel à la compassion. Simplement trop de fantasmes, ça peut te démolir une existence. Je sais de quoi je parle. Il m'arrive encore de penser à des femmes de jadis, à des fantômes du passé et à des chimères de l'avenir.

— Qui es-tu au juste, Fergy ? Parfois, quand tu dis des choses comme ça, je ne suis plus sûre de te connaître.

— Moi non plus. Mais, rétrospectivement, quand je gamberge, j'ai tendance à penser que j'aurais dû me marier il y a dix ans. Cela m'aurait purgé, je pourrais cesser de penser aux bonnes femmes et je serais aujourd'hui un divorcé heureux.

— Eh bien, je vais te dire une bonne chose, mon chou. Divorcer n'est pas une chose facile. Encore que, dans mon cas, le divorce a été un état préférable au mariage.

Fergy se mit à rire.

— Au fond, je comprends tout à fait Kyle. Moi aussi, j'ai un sacré béguin pour toi.

— Ce n'est pas pareil, Fergy. Nous sommes amis.

Ils bavardèrent pendant une heure.

— Considère que tu as reçu une grosse bise, conclut Hannah avant qu'ils se souhaitent une bonne nuit.

Fergy se mit au lit en se disant qu'il aimerait rudement être digne d'Hannah tout en sachant bien qu'il ne l'était pas. Décidément, soupira-t-il intérieurement, Kyle n'était pas le seul à se laisser aller de temps en temps à rêver de passer sa vie avec elle.

10

Dans la police, il est rare qu'on ait des jours de congé réguliers. Un mois, c'est le lundi et le mardi, le mois suivant, ce sont d'autres jours. Pour juillet, les jours de repos de Richard Marritt étaient le mercredi et le jeudi.

Le mercredi 9, il amena David et Jonathan à la plage.

Au retour, ils s'arrêtèrent dans un McDonald où Jonathan demanda un « hamburger au gratin » (« Il fait du français à l'école », avait expliqué Marritt au serveur). Le jeudi, il aida David à mettre de l'ordre dans sa collection de capsules de bouteilles. Puis il fit le ménage et prépara le dîner pour que sa femme puisse souffler un peu. Retourner au 20e commissariat ferait figure de vacances s'il n'avait pas trois assassinats sur les bras.

Le vendredi matin, il prit le métro direction Manhattan, changea à Rockefeller Center et arriva au commissariat à huit heures. Dema l'attendait et il s'enferma avec lui dans son bureau du premier.

La pièce avait été chamboulée pour les besoins de l'enquête. Sur l'un des murs était punaisé un grand plan de Manhattan. Des cercles rouges servaient à repérer le lieu où les trois crimes avait été commis. Les allées et venues de chacune des victimes le jour de leur mort étaient matérialisées par des lignes de différentes couleurs : bleues pour Ethel Purcell, vertes pour Linda Taylor, bistres pour Alison Schoenfeld. Des chemises étaient empilées sur le bureau. Les déclarations de leurs amis, voisins, collègues de travail et parents avaient été consignées par écrit. Les noms et adresses relevés sur leurs agendas avaient été comparés. L'inspecteur avait noté l'âge des trois victimes, leur signalement, les caractéristiques de l'immeuble où elles habitaient, et même le temps qu'il faisait le jour de leur mort. Les moindres indices avaient été passés au peigne fin, tout cela pour aboutir à un seul résultat concret : les empreintes digitales étaient les mêmes dans les trois cas.

Une de ces empreintes agrandie au format 9 × 12 était en évidence sur le bureau. L'assassin connaissait bien son affaire. Il n'y avait ni gardien ni garçon d'ascenseur dans les trois immeubles. Personne n'avait vu aucune des trois victimes dans la période de temps précédant immédiatement son assassinat. Selon toute probabilité, le tueur liait connaissance avec ses proies dans des lieux publics, les accompagnait chez elles et si quelqu'un les voyait ensemble, il leur laissait la vie sauve. Mais il semait ses empreintes un peu partout — sur des verres, sur les poignées de porte, sur les robinets — de sorte que les techniciens de la police s'étaient attelés à la tâche longue et fastidieuse consistant à les comparer avec celles de tous les délinquants sexuels et agresseurs au couteau fichés que comptait la ville de New York. Et quand ils en auraient terminé, on ajouterait à la liste des suspects potentiels tous ceux qui avaient fait un séjour dans un asile psychiatrique et tous les auteurs d'agressions à main armée.

— Je n'ai encore jamais vu une affaire comme celle-ci, dit Marritt à Dema pour entamer la conversation. Dans la plupart des meurtres, il y a une certaine logique. Des querelles de famille, des cambriolages, des trucs comme ça. Là, nous n'avons rien de solide pour démarrer.

— Nous avons des empreintes, objecta Dema.

— Ouais. On a des empreintes, mais pas grand-chose de plus. L'assassin a probablement entre vingt-cinq et quarante ans à en juger par l'âge de ses victimes. Et c'est un costaud, sinon il n'aurait pas pu les tuer aussi... proprement, si j'ose dire, en ne frappant qu'une seule fois. Mais pour le reste, nous en sommes réduits aux conjectures. On peut supposer qu'il est de race blanche. Selon toute vraisemblance, il vit à New York, mais il demeure peut-être en banlieue. Ça peut être un hétérosexuel ou un homosexuel, un comptable... un flic, même.

Marritt s'interrompit et Dema attendit la suite de ses réflexions.

— Il y a des milliers de gens à l'esprit dérangé qui se baladent en liberté dans les rues : des rombières, des vieux qui braillent des obscénités et qui se masturbent en public, des gens qui ne se sont pas lavés depuis six mois. Notre homme ne fait même pas partie du lot. Autrement, aucune de ces trois filles ne l'aurait laissé entrer chez elle.

Le téléphone sonna. Marritt décrocha.

— C'est d'accord, l'entendit grommeler Dema.

Prenez ses coordonnées mais ne le bouclez pas... Parce que les empreintes ne collent pas... Non, on a retrouvé les mêmes dans les trois appartements. Ce qui veut dire que c'est le même type qui est l'auteur des trois assassinats et on ne va pas donner un coup de main à tous les cinglés qui viennent s'avouer coupables, histoire d'avoir leur photo dans les journaux. (L'inspecteur raccrocha.) C'est le numéro trois.

— Le numéro trois ?

— Oui. Le troisième parano qui vient se constituer prisonnier. C'est toujours la même histoire quand la presse monte un meurtre en épingle. Surtout le *Post.* Tout ce qu'on peut faire, c'est noter leurs noms, refiler le bébé aux psychiatres et toucher du bois pour qu'ils ne décident pas un beau jour d'assassiner vraiment quelqu'un. Mais, pour changer de sujet, que donnent les rapports du labo ?

— Rien de nouveau. Comme tu disais, les empreintes collent. Les cheveux aussi, probablement, mais les analyses n'apportent pas de résultats concluants.

— Et la docu du F.B.I. sur les assassinats en série ?

— C'est sur ton bureau.

Marritt fourragea dans une pile de papiers avant de mettre la main sur un rapport de quarante pages dont la première portait le logo du F.B.I.

— Bon. Si tu t'occupais des interrogatoires qu'on a recueillis hier ? Ce n'est pas croyable la quantité de paperasserie que peuvent pondre trente flics ! Je vais voir ce qu'il y a à tirer de ce rapport.

Dema s'éclipsa. Marritt se mit en bras de chemise, se demanda s'il allait prendre un café, se répondit par la négative et se plongea dans la documentation fournie par le F.B.I.

Il y a tous les ans aux Etats-Unis cinq mille homicides non élucidés. On estime que la moitié d'entre eux sont l'œuvre de « meurtriers en série ». Contrairement aux « meurtriers de masse » qui craquent soudainement et assassinent un groupe de personnes en une seule fois, les meurtriers en série tuent à répétition, souvent des années durant. La plupart d'entre eux, dans leur enfance, mouillaient leur lit, jouaient avec le feu et torturaient les animaux. Le meurtrier en série type est célibataire et a entre trente et quarante ans. Quatre-vingts pour cent d'entre eux sont des Blancs. Huit pour cent sont des femmes. Environ dix pour cent d'entre eux sont médecins, dentistes ou exercent une profession paramédicale. Les meurtriers en série sont d'une intelligence au-dessus de la moyenne et semblent tout à fait normaux, et même charmants dans la vie quotidienne. D'une façon générale, les experts estiment qu'ils sont incurables. Ils sont rebelles à toute rééducation, à toute tentative de réadaptation et de réinsertion. Leurs pulsions sont irrépressibles. Le meurtrier en série connaît rarement ses victimes. Il tue sans éprouver de remords et sa soif de sang est la plupart du temps inextinguible.

Suivait la biographie succincte d'une douzaine de meurtriers en série :

EDMUND KEMPER : Taille 1,98 m. Poids 125 kg. Q.I. frôlant celui du génie. A l'âge de seize ans, Kemper a tué sa grand-mère. Considéré comme un pensionnaire modèle dans l'établissement psychiatrique où il passa cinq ans après cet assassinat. Libéré sur parole à vingt et un ans. Par la suite, il assassina six jeunes femmes dans la région de la baie de San Francisco. Souvent, après avoir eu un rapport sexuel avec le cadavre de sa victime, il en coupait les membres et emportait le torse pour se livrer à d'autres orgies chez lui. Kemper s'est finalement rendu à la police après avoir tué sa mère en l'assommant et avoir mis sa tête tranchée dans un carton à chapeaux dont il se servait comme d'une cible pour jouer aux fléchettes. Condamné à perpétuité en 1973, il est maintenant à même de bénéficier d'une mesure de libération conditionnelle.

— Eh bien, bravo, marmonna Marritt. Voyons le suivant.

JOHN GACY : Entrepreneur de Chicago qui gagnait 200 000 dollars par an et membre du conseil d'administration du Junior College, Gacy assassina trente-trois garçonnets et jeunes gens. Il invitait ses victimes chez lui les soirs où sa femme était sortie sous prétexte de parler avec eux de leur avenir professionnel, les étranglait et les enterrait dans sa cave. Il lui arrivait souvent de réciter le psaume 23 pendant qu'il les assassinait. Après son arrestation, Gacy déclara avec insistance aux journalistes qu'il n'était pas homosexuel mais bisexuel, cela afin de ne pas encourir le mépris du public.

HENRY LEE LUCAS : Lucas a avoué avoir tué 360 hommes, femmes et enfants sur une période de 24 ans. L'authenticité de la moitié environ des meurtres qu'il revendiquait a été établie par les pouvoirs publics. A vingt-trois ans, après avoir frappé à coups de couteau sa mère, il l'étrangla, puis viola son cadavre. Libéré après avoir passé six années dans un établissement pour déments criminels et huit de plus en prison, il courut le pays. Il se vante d'avoir « crucifié certaines [de ses] victimes » et d'en avoir « dépecé d'autres comme on lève les filets d'un poisson ». Il a récemment déclaré à un enquêteur : « Il n'y a pas une seule façon de commettre un meurtre que je n'ai pas employée. Tuer quelqu'un, c'est comme marcher dans la campagne. Si je voulais une victime, je sortais en chercher une. Une fois un crime accompli, je l'oublie. »

Marritt se sentait dépassé. Les victimes dont parlait Lucas étaient des êtres humains, comme sa propre femme, ses propres enfants.

> THEÉODORE BUNDY : le play-boy des meurtriers en série. Convaincu du meurtre de 40 jeunes femmes. Ancien étudiant en droit, Bundy a été conseiller du gouverneur de l'Etat de Washington et a participé à l'élaboration du programme du Comité de Lutte contre le Crime de la ville de Seattle pour la prévention du viol. Sa beauté est fascinante et son charme est désarmant. Sa technique favorite était de briser le crâne de ses victimes dont il abandonnait la dépouille dans la montagne.

Et la liste continuait :

Albert DeSalvo, l' « Etrangleur de Boston », avait assassiné treize femmes âgées de dix-neuf à quatre-vingt-cinq ans.

David Berkowitz, dit « Fils de Sam », dit « Calibre 44 ».

Juan Corona avait abattu à coups de pioche vingt-cinq saisonniers agricoles dont il enterrait ensuite les cadavres.

Patrick Kearney, ingénieur électronicien, avait avoué l'assassinat de trente-deux jeunes garçons dont il mettait les restes démembrés dans des sacs de plastique.

Kenneth Bianchi, le « Tueur des Collines », coupable de dix assassinats. Il était marié, exerçait la profession de vigile et les membres de la police locale voyaient en lui « une bonne recrue potentielle ».

Wayne Williams, imprésario, convaincu du meurtre de deux adolescents noirs lors du massacre des vingt-huit enfants d'Atlanta.

Marritt abandonna sa lecture. Il avait besoin de s'éclaircir les idées. Quand il roulait en voiture dans les quartiers qui tombaient en ruine, il lui arrivait parfois de se demander à quoi ressemblaient autrefois ces taudis. Harlem, South Jamaica, le Bronx avaient jadis été autre chose que ces tas de décombres. Jadis, c'était neuf, c'était propre et plein de promesses. Ces assassins l'avaient probablement été, eux aussi, mais il était difficile de les imaginer sous cet aspect après des crimes aussi monstrueux.

Marritt espérait que, dans cette enquête, la série n'irait pas au-delà de ces trois victimes. Mais il était convaincu du contraire.

*

Le paquet arriva par la poste. Hannah se dit que cela ressemblait à une ramette de papier machine. C'était bien le cas — à ceci près que les feuillets étaient déjà tapés.

Il y avait une lettre d'accompagnement : « L'autre soir, quand nous avons dîné ensemble, tu as dit que tu aimerais jeter un coup d'œil là-dessus. C'est une joie pour moi de te l'envoyer. Tendrement. Kyle. »

C'était son roman. 504 pages. Il n'avait pas de titre.

Hannah contempla le manuscrit. Et, poussée par une force qu'elle comprenait mal, elle commença à le lire. Cela prit douze heures. Quand elle arriva au mot « fin », il était quatre heures du matin.

Il y avait deux problèmes, conclut Hannah quand elle fut parvenue au bout de sa lecture. Elle essayait de toutes ses forces d'être objective pour repousser la terreur qui menaçait de l'engloutir. Le premier, c'était le style. Chaque phrase était soigneusement ciselée, ce qui ne faisait que nuire à l'ensemble. Kyle était incapable d'écrire une ligne sans y incorporer au moins un mot précieux ou une tournure tarabiscotée. Dans une nouvelle d'une douzaine de pages, cela pouvait encore passer, mais s'agissant d'un long roman, c'était accablant. Le résultat était un pavé totalement indigeste.

Cela, c'était le premier problème.

Le second était constitué par l'intrigue elle-même. C'était manifestement un récit autobiographique. Un jeune homme grandit dans l'Ohio, fait ses études à Amherst (Kyle était allé à Williams), puis monte à New York. Il prend un appartement du côté de la 80e rue Ouest, achète une machine à écrire et décide qu'il sera romancier. Il sue sang et eau, rencontre une jeune femme dont il tombe amoureux (elle sue, elle aussi, sang et eau pour être écrivain) et qui habite la même maison. Le héros est sous tous les rapports le soleil qui brille au firmament de l'héroïne. Et voilà qu'elle le laisse tomber pour s'enticher d'un riche agent de change, laissant l'autre se lamenter pendant deux cents pages. En fin de compte, bien entendu, elle lui revient. Ils se marient. Il vend son premier roman à un grand éditeur qui lui donne une somme folle en guise d'avance. Elle vend son premier roman à un éditeur tout aussi prestigieux contre une avance moins conséquente, mais néanmoins coquette. Et tous deux vivront heureux jusqu'à la fin de leurs jours.

C'était diablement ringard. Et indubitablement effrayant, parce que l'héroïne n'était autre qu'Hannah elle-même.

Elle s'habillait exactement comme Hannah s'était elle-même habillée à différents moments de son existence. L'ex-mari d'Hannah avait servi de modèle à l'agent de change. L'héroïne faisait des choses qu'Hannah avait faites, et pas seulement quand elle était étudiante, mais par la suite.

Il était maintenant évident que Kyle avait surveillé ses faits et gestes pendant dix-huit ans.

TROISIÈME PARTIE

11

Hannah n'était pas d'une totale lucidité ce samedi matin quand elle téléphona à Fergy. Ce qui n'avait d'ailleurs rien de tellement surprenant. Après tout, elle avait lu le manuscrit de Kyle jusqu'à quatre heures du matin et avait encore attendu quatre heures avant de l'appeler au secours. Autrement dit, il y avait vingt-quatre heures qu'elle n'avait pas dormi quand elle composa son numéro. Et même bien reposée, il lui aurait été difficile de commenter les cinq cent quatre pages qu'elle venait d'avaler, compte tenu du fait qu'elle était morte de frousse.

Fergy ne tarda pas à arriver, il lui conseilla de dormir un peu et emporta le manuscrit. Il le rapporta à Hannah le lendemain matin.

— Il faut que tu saches, Banana, lui dit-il, que j'ai dû décommander un rancart très important que j'avais hier soir pour lire ce manuscrit.

— Alors ?

— Alors ? Je préfère William Styron.

Il y avait du soleil dans la pièce. Tout en parlant, Hannah buvait du café et Fergy un jus d'orange.

— C'est moi, Fergy. C'est moi, la femme du roman. Tu es bien de mon avis, n'est-ce pas ?

— Il ne m'a pas fallu bien longtemps pour m'en apercevoir.

Hannah tendit le bras pour prendre le manuscrit tout en repoussant une mèche vagabonde.

— Ecoute... c'est le passage où Kyle décrit l'agent de change avec qui Helen, l'héroïne, va filer. « David Hadley était né avec une cuiller en argent dans... »

— Je sais, l'interrompit Fergy. Tu m'as déjà parlé de ton mari et je viens de passer douze heures à lire ce bouquin. Tu es Helen. Kyle est Ken. Le livre tout entier ne parle que de son amour pour toi. Dans les passages érotiques, c'est avec toi qu'il est au lit. Dans les scènes de lamentations, c'est pour toi qu'il souffre. Quand Ken s'endort en serrant un oreiller dans ses bras comme si c'était Helen qu'il étreignait, c'est Kyle et c'est toi.

— Mais qu'est-ce qu'il a dans la tête ?

— C'est un type désespéré. Et solitaire. Il a inventé un univers illusoire pour compenser celui qui lui a été refusé et maintenant, il est pris au piège de sa chimère. Il aurait probablement envie de retourner en arrière et refaire le passé. Mais comme c'est impossible, la meilleure solution est encore de prétendre que ce passé n'a jamais existé. C'est pourquoi il a fourré dix-huit années de son existence dans son roman, ce qui lui permet de te courir après comme s'il était redevenu un collégien.

— Mais il n'y a jamais rien eu entre nous. Tu parles comme si nous avions eu une relation qui pourrait renaître de ses cendres. Or, je le connaissais à peine.

— Dans son esprit, vous étiez amoureux l'un de l'autre.

Hannah se mit à feuilleter les pages du manuscrit :

— Ecoute. Ken garde la brosse à dents d'Helen dans la salle de bains après son départ dans l'espoir qu'elle lui reviendra. La nuit, il ne dort jamais plus de deux heures sans être réveillé par des cauchemars. Le seul moyen de surmonter sa dépression, c'est d'imaginer le retour d'Helen.

— C'est Kyle et toi.

— Et là... c'est le passage où elle revient : « Helen : Ça fait un mois que je vis seule. Je t'aime. Je suis revenue pour rester si tu peux me pardonner.

« Ken : Je t'aime, Helen.

« Helen : Tu savais que je reviendrai, n'est-ce pas ?

« Ken : Non. C'était ce qui rendait les choses d'autant plus intolérables. Cela et la pensée qu'il y avait quelqu'un d'autre auprès de toi. »

— Et ils vont au lit, poursuivit Hannah. Il la serre dans ses bras. Ils fondent tous les deux en larmes... Je crois que je vais vomir !

— Tâche quand même de te retenir.

— Fergy... comment faire pour me débarrasser de lui ?

— Tu pourrais peut-être le convaincre de se faire psychanalyser. En lui suggérant que, même s'il est parfaitement normal, ce serait une expérience enrichissante qui lui fournirait une matière première formidable pour son prochain roman.

— Trouve autre chose.

— D'accord. Tu n'as qu'à lui montrer les bourrelets que font tes fesses pour qu'il voie que tu n'es pas parfaite.

— Primo, je n'ai pas de bourrelets aux fesses. Secundo, va te faire fiche, Fergy. C'est sérieux, tu sais.

— Bon, bon. Excuse-moi. Mais que peux-tu faire d'autre ? Il n'enfreint aucune loi. Il ne t'a pas menacée ouvertement. En fait, il s'est borné à avouer qu'il est désespérément amoureux, amoureux au point que c'en est devenu une hantise, une obsession irrépressible. Au fond, peut-être qu'en t'envoyant ce roman, il tirait sa dernière salve. Renvoie-le-lui. Sans un mot. Avec un peu de chance, il disparaîtra définitivement de ta vie.

— Et sinon ?

— Il sera toujours temps d'envisager cette éventualité si elle intervient et quand elle interviendra.

Ce sera plutôt « quand » que « si », se dit Hannah qui n'avait pas particulièrement l'impression pour le moment d'être dans une période où la chance lui souriait. Mais au moins, elle avait Fergy pour l'aider à passer le cap.

— Je te dois beaucoup, Fergy.

— C'est fait pour ça, les amis. Mais au cas où tu

aurais envie de me faire un petit cadeau, sache que j'adorerais aller faire un petit tour à Paris.

— Je pensais à quelque chose qui coûterait dans les cinq dollars. Mettons dix. Tiens! Je t'invite à déjeuner.

— J'en serais ravi, mais ce rancart de la plus haute importance auquel je n'ai pas pu me rendre hier soir a été remis à cet après-midi. Et si je pose encore un lapin à la nana, la prochaine fois que tu me verras, je serai peut-être en train de rôtir à la broche avec une pomme dans la bouche.

*

Dimanche après-midi.

Il y avait trois étapes : la quête de la victime, la manœuvre de séduction et l'acte proprement dit. La première était facile. Il y avait tant de femmes qui ne demandaient qu'à se laisser piéger. La seule condition préalable et nécessaire était que la victime en question paraisse convenir. Celle qui a les cheveux roux... elle est bien.

La phase séduction était plus délicate, plus complexe et relevait du défi. Mais c'était parfois simple comme bonjour.

— Qu'est-ce que vous regardez ?

— Vous.

— Et alors ?

— Je suis impressionné.

Ce n'était pas tellement difficile. Il essayait fréquemment des rebuffades, mais la tactique finissait inéluctablement par être payante.

Elizabeth... C'est un joli nom... Parle-lui gentiment. Vas-y de ton charme... Moi aussi, j'aime les dimanches. Quelle heure est-il ? Cinq heures ? Détends-toi. Passe un moment avec elle. Une heure. Plus. Pas de concierge. Pas de garçon d'ascenseur. Il est bien, cet appartement, mais ce fauteuil n'est pas confortable. Trop profond. Le genre de fauteuil dans lequel j'aime me vautrer, mais pour l'instant je tiens à rester droit.

Elle m'asticote.

— Vous vous tenez toujours raide comme un écolier ? Le dos bien droit pour vous grandir ?

La dernière aussi était rousse.

Prends-la. C'est le moment.

Elle ne comprend pas.

— Pourquoi ?

— C'est un jeu.

Ses seins gonflent. Tu baises le corps et tu fais l'amour à l'âme. Le temps se dilate. Texture. Couleurs. Rouge et humide. Des seins comme des boulets de canon. Elle est impec, celle-ci. Elle sait ne plus bouger quand c'est fini.

Me laver les mains. Rentrer à la maison. Demain, j'enverrai une rose à Hannah.

12

On ne peut pas dire que la journée du lundi ait démarré sur les chapeaux de roue. Marritt se leva, prit son petit déjeuner, se rasa, passa à la douche et s'habilla. D'habitude, cela lui prenait une heure en tout. Ce jour-là, il mit une heure et demie. Avant de partir, il se regarda dans la glace. Non, décidément, cette cravate ne lui plaisait pas. Il en changea.

Le métro tomba en panne entre Woodhaven Boulevard et Grand Avenue. Le changement à la correspondance de Rockefeller Center lui parut interminable. Il était dix heures quand il arriva au commissariat. Il compulsa avec Dema les procès-verbaux d'interrogatoires du week-end. Résultat : néant. Il passa ensuite aux rapports de l'anthropométrie. D'ici un an, le service avait prévu l'installation d'un ordinateur pour la comparaison des empreintes digitales. Alors, la signature laissée par les coupables pourrait être confrontée de façon pratiquement instantanée avec un million d'autres empreintes conservées au fichier central, mais en attendant, ce travail de recoupement devait être effectué manuellement. Marritt ne pouvait pas se permettre d'attendre l'année prochaine. D'ailleurs, peu importait. Le tueur avait apparemment le don d'inspirer confiance. Des femmes cultivées l'invitaient chez elles. Non, Marritt ne pensait pas que son nom figurait au sommier — pas encore, en tout cas.

Il y avait une nouvelle note du F.B.I. sur les meurtriers en série. L'inspecteur passa le reste de la matinée à l'étudier :

> Les meurtriers en série et les meurtriers de masse qui agissent sous le coup d'une impulsion unique appartiennent à deux catégories différentes. Le meurtrier de masse dont la soupape de sécurité lâche sous l'effet des tensions qui l'habitent explose littéralement dans un moment de folie meurtrière. Il se vide d'un seul coup de la violence latente qui s'est accumulée en lui et il est peu probable qu'il recommence à tuer. Les meurtriers en série, en revanche, sont des sadiques sexuels. Ils trouvent leur plaisir dans l'acte de tuer, et ils recommencent indéfiniment jusqu'à ce qu'ils se fassent prendre. Un pourcentage important de meurtriers en série sont des enfants de mères célibataires ou de prostituées. Au cours des trois premières années de leur vie, le mécanisme de création du lien affectif se dérègle et une relation sado-agressive se développe entre la mère et l'enfant. Incapable d'extérioriser sa colère envers sa mère, et il aurait en tout état de cause peur de le faire, l'enfant choisit une attitude de conciliation à l'égard de la mère tortionnaire, mais la haine brûle au fond de lui. Il se vengera d'elle plus tard.

Marritt continua sa lecture. Comme dans le premier rapport, des portraits schématiques de plusieurs meurtriers en série illustraient le mémo :

Richard Chase, le « Vampire » de Californie, qui dévorait les cadavres de ses victimes.

Joseph Kallinger, le cordonnier de Philadelphie, qui avait assassiné trois personnes dans une orgie sans fin à laquelle participait son propre fils.

— Ça suffit !

Marritt se rendit brusquement compte qu'il avait parlé à haute voix. Mauvais signe. Il était midi : l'heure de déjeuner. Mais après ce qu'il venait de lire, il n'avait pas faim. L'anniversaire de sa femme approchait. Ce serait peut-être une bonne idée d'aller lui acheter un cadeau. Le chiendent, c'était qu'il ne savait pas ce qui lui ferait plaisir.

Dema revint et le persuada de descendre manger un morceau. Ils allèrent dans un bistrot proche du commissariat.

— Les meurtres, c'est dingue, énonça l'inspecteur entre deux bouchées de hamburger. Ils sont toujours différents de ce qu'ils paraissent être.

— Que veux-tu dire ?

— Je vais te donner un exemple. Il y a une dizaine d'années, j'ai eu à m'occuper d'une affaire. Un type qui était allé sauter sa petite amie. Au lieu de passer la nuit avec elle, il était rentré chez lui après avoir fait sa petite affaire. Et puis, un cambrioleur est entré chez la petite amie et l'a tuée. En nous fondant sur le rapport d'autopsie, nous avons cru qu'elle avait été violée. Tiens, il y a une autre affaire qui me revient en mémoire. Un gars rentre chez lui. C'est un Blanc. Et qu'est-ce qu'il voit ? Sa femme toute nue par terre avec un Noir qui la chevauche tandis qu'elle crie et qu'elle gémit tout ce qu'elle sait. Persuadé que le Noir est en train de violer sa femme, il le zigouille. Et puis, il s'est révélé qu'il ne s'agissait pas du tout d'un viol. Le Noir était l'amant de la femme.

— Qu'est-il advenu du mari ?

— Il a été acquitté. Ça se serait probablement passé d'une autre façon si ç'avait été lui le Noir et l'autre le Blanc, mais c'est comme ça. Un de ces jours, tu auras un Blanc en complet trois-pièces classique qui piquera le fric d'adolescents noirs sous la menace d'un couteau et personne ne croira les ados.

Après le déjeuner, les deux hommes regagnèrent le commissariat. Dema se mit à feuilleter les rapports tandis que Marritt téléphonait à sa femme pour savoir ce qui lui ferait plaisir pour son anniversaire.

Le jeune policier l'entendit bougonner :

— Merde. Bon, bon. C'est ton anniversaire, après tout. C'est entendu.

— Qu'est-ce que c'est ? lui demanda-t-il quand la conversation eut pris fin.

— Tu ne devineras jamais ce qu'elle veut comme cadeau.

— Quoi donc ? Je t'écoute.

— Tu peux écouter autant que tu voudras, ce n'est pas ça qui me simplifiera la vie. Elle dit qu'il est temps qu'on mette un peu de piment dans notre vie conjugale. Soi-disant qu'on fait seulement l'amour quand il n'y a rien à la télé. Total, il faut que je lui achète un soutien-gorge sexy... Ne me regarde pas comme ça ! Si tu prononces un seul mot, je t'arrache la tête.

*

Qu'elle était jolie sur la photo de promotion avec son pull blanc et son rang de perles ! Dieu, ce qu'il l'aimait, cette photo ! Celle de l'association d'études latines était moins flatteuse, mais elle les montrait tous les deux ensemble. Ce jour-là, il était si près d'elle qu'il aurait pu en tendant le bras lui caresser les cheveux. Mais c'était sur celle de l'atelier d'art dramatique qu'elle était le plus séduisante avec son collant de danseuse et ses cheveux qui lui retombaient sur les épaules. Pourtant, la photo de promotion était la plus émouvante. On y retrouvait tout : son âme, son sourire et ses yeux.

Il y avait des moutons de poussière dans l'appartement. Le lit n'était pas fait. Kyle se rappelait la vision qu'il avait eue d'Hannah ce mois d'août au lac Hume, dix-huit ans plus tôt. Elle portait un maillot de bain blanc. Il avait vu l'amorce du sillon de ses seins, la protubérance des mamelons qui faisaient saillir le nylon. Sa peau étincelait de gouttes d'eau. Il avait regardé ailleurs, puis il se retourna en espérant qu'Hannah ne le voyait pas. Elle scintillait, on aurait dit un ange. Elle n'avait sans doute plus ce maillot. Dix-huit ans, c'est long. Si seulement il pouvait remonter dans le temps en sachant ce qu'il savait maintenant...

Est-ce qu'elle est en train de lire mon roman? Sans elle, je suis voué à la solitude. Répulsion, déjection, érection, éjaculation. Je me souviens de la première fois qu'elle m'a parlé à l école. Je me souviens de ce qu'elle m'a dit, et même de ce qu'elle portait ce jour-là. Et de la fête où elle a dansé sur la scène ; c'était en hiver, la lune faisait un halo derrière les fenêtres couvertes de givre. Je devrais peut-être l'appeler pour m'assurer qu'elle a bien reçu le roman. Quand elle l'aura fini, elle me passera un coup de fil. Que faut-il faire? Attendre? Téléphoner le premier? Ou lui écrire? Il est sans doute préférable de lui laisser le temps de le lire. Mardi. Mercredi au plus tard. Alors, si elle n'a pas téléphoné, c'est moi qui appellerai.

Hannah, je t'aime. Et j'ai fait un rêve. C'était à l'école et j'étais nu et j'étais seul. Et dans mon rêve, tout le monde sortait des salles de classe en courant pour me regarder bouche bée et la seule chose qui m'importait, c'était que tu ne me voies pas. Parce que j'avais peur que si tu me voyais, tu te montres cruelle comme les autres. Je pourrais tout supporter venant de toi, mais pas ça. Dès l'instant où je t'ai vue, j'ai su à quoi ma vie était destinée...

*

Cinq heures. Les magasins Bloomingdale. Jamais plus, maugréa Marritt en franchissant la porte d'entrée à l'angle de Lexington Avenue et de la 59e Rue. C'est bourré de flics, ici, parce qu'on a retrouvé dans les affaires d'Ethel Purcell un ticket de caisse indiquant qu'elle était venue y faire ses achats le jour où elle a été assassinée et ils vont tous me reluquer. J'ai toutes les raisons de me sentir embarrassé... Mais, bon Dieu, où est-il ce satané rayon lingerie ? J'ai l'impression d'être un pervers sexuel. Si un collègue m'interpelle parce que j'examine les soutiens-gorge, je pourrais toujours dire que je suis venu pour des raisons professionnelles. C'est encore pire que quand j'ai acheté des préservatifs pour la première fois... Ah ! Le voilà enfin, ce rayon lingerie. Il y a trois vendeuses. Je pense que c'est avec la plus âgée que ce sera le moins risqué. Oui, madame, je voudrais acheter un soutien-gorge... Non, pas pour moi. Vous êtes justement l'idéal... un Milton Berle au féminin... Taille 85 B, je crois... Je ne sais pas. Quelle est la différence entre ceux qui s'ouvrent devant et ceux qui s'agrafent dans le dos ?... C'est pour ma femme. Elle aimerait qu'il soit sexy... Je n'y peux rien si j'ai l'air gêné. Montrez-moi le soutien-gorge, c'est tout.

Marritt rentra chez lui à six heures.

— Le grand patron t'a appelé, lui annonça sa femme. Il y a eu un nouvel assassinat.

13

Onze heures, le lendemain matin.

Marritt avait une sainte horreur des conférences de presse. Les journalistes ne faisaient que compliquer les choses et plus le problème était grave, plus ils venaient nombreux. La salle de presse du 1 Police Plazza était pleine à craquer. L'inspecteur, assis sous une batterie de projecteurs de télévision, écoutait en attendant son tour de prendre la parole.

— Mesdames et messieurs, bonjour. Je suis Harvey Granfort, chef de la police de la ville de New York. Comme vous le savez tous, le corps d'une jeune femme du nom d'Elizabeth Wald a été retrouvé hier à seize heures dans l'appartement qu'elle occupait, 112 Hudson Street, à Manhattan. Elle a été vue vivante pour la dernière fois par une amie dimanche matin, il y a deux jours. Il ressort de l'autopsie préliminaire à laquelle il a été procédé qu'elle a été tuée ce dimanche vers dix-neuf heures. Comme les trois précédentes victimes, Miss Wald a eu la carotide tranchée d'un unique coup de couteau. Les empreintes digitales relevées sur les lieux sont identiques à celles trouvées chez Ethel Purcell, Linda Taylor et Alison Schoenfeld. A partir de ce jour, ce ne sont plus trente mais cinquante hommes qui sont affectés à l'enquête placée sous la responsabilité de l'inspecteur Richard Marritt ici présent, qui va maintenant répondre à vos questions.

Marritt monta lentement sur le podium, accompagné par le bruissement des feuilles de son bloc qu'il feuilletait.

— Je n'ai pas grand-chose à dire, commença-t-il. Aucun d'entre vous n'ignore que quatre femmes ont été assassinées. Elles ont toutes été tuées d'un coup de couteau. Il n'y a traces ni de sévices sexuels ni d'effraction dans aucun des cas. Je sais que ces événements provoquent une vague d'inquiétude et de peur. Nous apprécions la gravité de la situation à sa juste valeur et nous faisons tout ce qu'il est possible de faire. C'est tout. Des questions ?

Travelling des caméras de télévision. Une forêt de mains se dressèrent.

— Inspecteur, pouvez-vous nous donner un aperçu du profil du tueur ?

— D'après l'analyse microscopique de ses cheveux, nous pensons que c'est un homme de race blanche.

— Et à part ça ?

— C'est tout. Pour le reste, nous en sommes réduits aux conjectures.

— Y a-t-il des suspects ?

— Non.

— Avez-vous une hypothèse quant au fait que le tueur ne violente pas ses victimes ?

Comment voulez-vous que je sache ? eut envie de répondre Marritt. Peut-être qu'il a peur d'attraper un herpès.

— Nous sommes présentement dans l'incapacité d'apporter une réponse à cette question. Très vraisemblablement, la jouissance qu'il éprouve réside dans le pouvoir de vie et de mort qu'il exerce sur ses victimes.

— A-t-on une idée de l'âge qu'il peut avoir ?

— En se référant à celui des victimes et des données relatives à d'autres meurtriers en série, nous pensons qu'il a entre vingt-cinq et quarante ans, mais je tiens à bien préciser que ce n'est là qu'une simple supposition. Nous croyons aussi qu'il est relativement athlétique et agile, compte tenu de la nature des blessures infligées.

— Pourriez-vous nous apporter davantage de détails sur ce point ?

— Dans les quatre cas, l'artère carotide a été sectionnée net par un seul et unique coup de couteau, blessure ayant entraîné la mort. De l'avis des médecins légistes, il faut que le coup de couteau soit porté avec une grande force et une grande précision pour transpercer la gaine musculaire qui protège l'artère. Une fois, le hasard aurait pu jouer. Mais pour tuer à quatre reprises d'un seul coup de couteau, cela présuppose de la force physique, de la rapidité et certaines connaissances en anatomie.

— Voulez-vous dire qu'il est possible que le meurtrier soit un médecin ?

— Tout est possible.

Les questions succédaient aux questions. La chaleur dégagée par les projecteurs était de plus en plus intense.

— La police s'intéresse-t-elle à un groupe particulier de suspects éventuels ?

— Jusqu'à présent, c'est d'abord et avant tout aux individus ayant des antécédents criminels de nature sexuelle que nous nous sommes intéressés, mais ce groupe, si limité qu'il soit, est difficile à cerner. Chaque année, les prisons et les hôpitaux psychiatriques de New York libèrent des milliers de délinquants sexuels. Il suffit de se promener dans les rues pour se rendre compte qu'il y a une foule de gens qui auraient besoin d'être soignés et nous n'avons tout simplement pas assez de personnel pour les interpeller toutes et les interroger. Et même si nous le pouvions, eu égard aux rapports qu'à notre avis le tueur entretenait avec ses victimes, il ne serait probablement pas parmi eux.

— Y a-t-il quelque chose que le public puisse faire pour vous aider à faire progresser l'enquête ?

— Nous ne tenons évidemment pas à être submergés de renseignements qui nous lanceraient sur de fausses pistes, mais il y a forcément quelqu'un qui connaît notre homme. Selon toute vraisemblance, c'est un personnage qui n'attire pas l'attention. Il est apparemment normal et ressemble à M. Tout-le-Monde. Mais si quelqu'un a ce qu'il estime être un soupçon raisonnable, il doit nous le signaler. L'anonymat des informateurs sera respecté.

— Avez-vous une idée du mobile qui anime le meurtrier ?

— Aucune.

— Pensez-vous qu'en fait, il cherche à se faire prendre ?

— A en juger par son comportement, il semble,

au contraire, qu'il prend un maximum de précautions pour être assuré de l'impunité.

— Avez-vous le sentiment que votre réputation d'être l'un des meilleurs limiers de la ville de New York est en jeu dans cette affaire ?

— Je m'en moque éperdument. Cette réputation tient simplement au fait qu'il m'est arrivé une ou deux fois d'avoir eu de la chance.

— Croyez-vous qu'il frappera encore ?

C'était la question la plus redoutable. Et il n'y avait qu'une seule réponse honnête.

— Une force intérieure pousse cet individu à tuer, dit Marritt d'une voix lente. On ne peut pas mettre un agent devant le domicile de toutes les femmes célibataires. Nous partons de l'hypothèse qu'à moins d'être appréhendé, il continuera.

La conférence de presse dura près d'une heure. Quand elle fut terminée, Marritt, après un arrêt à la cafétéria pour avaler un doughnut et une tasse de café, prit l'ascenseur et monta au troisième. Il y avait, à midi, un briefing à l'intention de tous les policiers affectés à l'affaire. Ils étaient au nombre de cinquante : jamais l'inspecteur n'avait eu, et de loin, autant d'hommes à sa disposition. Il reconnut une demi-douzaine de visages. Les autres lui étaient étrangers.

— Bien, dit-il aux policiers rassemblés devant lui. Vous savez pourquoi nous sommes là. Vous êtes des professionnels et je ne vais pas vous répéter ce que vous savez déjà. Je voudrais seulement insister sur un point : le travail du policier est à la fois un art et une science. Ce sera votre capacité à recueillir et évaluer les indices qui résoudra cette affaire. Voici ce que nous avons à faire.

Une heure durant, Marritt dressa la liste des procédures à suivre dans l'enquête. Chaque piste recevrait une estimation : à suivre sans délai, sérieux, possible, à éliminer. Les crimes sexuels présentant un caractère de gravité croissante, une attention particulière serait portée à l'attentat à la pudeur, au viol et aux comportements déviants.

— Pour l'instant, je voudrais mettre la pédale douce en ce qui concerne l'appel au concours de la population, enchaîna l'inspecteur. Les gens seront évidemment sensibilisés, mais multiplier exagérément les appels à l'assistance du public créerait un mouvement de panique. La semaine prochaine, nous disposerons d'un ordinateur grâce auquel nous pourrons procéder au recoupement des indices et des faits isolés. Dorénavant, les empreintes de tous les individus qui feront l'objet d'une interpellation seront comparées à celles qui ont été retrouvées au domicile des victimes. Je ne sais pas jusqu'à quel point ce type est fortiche. Peut-être qu'il la connaît dans les coins, peut-être qu'il a seulement eu de la veine. Mais ce sera difficile de lui mettre la main dessus et chaque nouvel assassinat aura un effet directement proportionnel sur la panique. Il ne me reste plus qu'une chose à ajouter. Un travail parfait, ça n'existe pas, mais si nous agrafons ce type, il y aura un peu plus de mieux être dans ce monde.

Il était deux heures quand la conférence prit fin. Marritt fit un détour par la cafétéria pour manger un sandwich avant de sortir. Une patrouilleuse l'attendait pour le ramener au 20e commissariat. C'est à se demander ce qui le fait courir, songea l'inspecteur. Quatre femmes tuées en trois mois. La vie pouvait être dangereuse. Cette ville était frappée d'impuissance.

C'est alors que Marritt vit le titre du journal que brandissait le petit vendeur et il faillit hurler, car tous ses instincts lui disaient que ce titre forcerait le tueur à se manifester de nouveau. C'était le *New York Post*. En haut à gauche de la première page, un gros titre : Une quatrième femme égorgée à Manhattan. Et, en dessous, composé dans les caractères habituellement réservés aux assassinats, ce bandeau raccrocheur éclatait comme un cri :

LA POLICE TRAQUE LE DR APOCALYPSE

14

La dernière leçon était terminée : il était six heures. Comme Hannah traversait pour prendre son métro, le gros titre qui barrait la première page du *New York Post* lui attira l'œil : LA POLICE TRAQUE

LE DR APOCALYPSE. Normalement, elle lisait le *Times,* mais une célibataire qui vit seule... Tout en se traitant de tous les noms, s'en voulant de céder ainsi à l'attrait du sensationnalisme, elle tendit un dollar au vendeur de journaux, empocha la monnaie qu'il lui rendait et descendit l'escalier, son *Post* à la main.

Le quai était presque vide, signe qu'une rame venait de passer. Mais comme c'était l'heure de pointe, elle n'aurait pas à attendre longtemps la prochaine. Faisant mine d'ignorer le regard dont l'enveloppait un monsieur élégamment vêtu qui passait, elle ouvrit le journal et commença à lire :

> Les responsables de la police de New York ont confirmé aujourd'hui qu'une chasse à l'homme de grande envergure est en cours en vue de capturer le maniaque qui a assassiné quatre femmes depuis le mois d'avril. Les victimes étaient toutes jolies, toutes célibataires et toutes vivaient seules dans le périmètre de Manhattan. Le corps d'Elizabeth Wald, trente ans, a été retrouvé hier après-midi dans l'appartement du 112 Hudson qu'elle occupait. Comme les précédentes victimes, Miss Wald a eu la carotide tranchée net. Compte tenu de la similitude des circonstances, l'inspecteur chargé de l'enquête, Richard Marritt, qui a 50 policiers sous ses ordres, a déclaré : « Il faut que le coup de couteau soit porté avec une grande force et une grande précision pour transpercer la gaine

musculaire qui protège l'artère. Pour tuer à quatre reprises d'un seul coup de couteau, cela présuppose de la force physique, de la rapidité et certaines connaissances en anatomie. »

Evoquant le caractère quasi chirurgical des plaies, l'inspecteur Marritt s'est refusé à éliminer l'éventualité d'un tueur qui serait médecin ou exercerait une profession paramédicale. A Manhattan, une vague de terreur s'est abattue sur les femmes seules. La police signale...

— Salut ! Comment va ?

Hannah se retourna. C'était Kyle. L'espace d'un instant, elle fut comme prise de vertige. Puis la réalité reprit ses droits.

— Laisse-moi tranquille, Kyle.

— Je ne peux même pas te dire bonjour ?

— Et cesse de me suivre.

— Je ne te suis pas. C'est toujours ce métro que je prends pour rentrer.

Hannah jeta un coup d'œil en direction du tunnel où s'enfonçaient les rails. Rien.

— Tu as passé une bonne journée ?

Elle ne répondit pas.

— Je ne comprends pas. Ne pouvons-nous pas bavarder comme des gens civilisés ?

Toujours pas de réponse.

— Qu'est-ce qui te prend ?

D'autres usagers, descendant de l'escalier, envahissaient le quai.

— Bon. Puisque c'est comme ça, je te laisse

tranquille si c'est ce que tu veux. Mais je voudrais te demander une chose. As-tu reçu mon roman ?

— Oui, Kyle, j'ai reçu ton roman. Et je te l'ai réexpédié hier par la poste.

— Est-ce qu'il t'a plu ?

— Non.

— Ah bon ? Qu'est-ce que tu n'as pas aimé ?

Elle aurait dû lui dire qu'elle ne l'avait pas lu. Il avait maintenant un autre prétexte pour poursuivre la conversation.

— Euh... enfin... reprit-il. Je respecte ton jugement, mais je voudrais savoir ce qui t'a déplu.

— Ce qui m'a déplu, c'est de me retrouver dans ton roman.

— Que veux-tu dire ?

Mais qu'attendait-elle, cette rame ? Mon Dieu, faites qu'elle arrive !

— Tu t'es retrouvée dedans. Qu'entends-tu par là ?

— Allons donc, Kyle ! J'ai lu ton manuscrit. La façon qu'a Helen de s'habiller, ses amis, ce qu'elle fait, tout, quoi... c'est moi et je n'apprécie pas cette intrusion dans ma vie privée.

— Je ne vois pas de quoi tu parles.

— Parfait. Dans ce cas nous n'avons plus rien à nous dire.

— Ecoute... si, ça m'intéresse. J'ai cherché à faire d'Helen une femme universelle, une femme à laquelle toutes les autres femmes pourraient s'identifier. Alors, si tu t'es identifiée à elle, c'est que j'ai réussi.

Hannah vit au loin la rame qui s'approchait.

— Pourquoi refuses-tu d'être simplement polie et de parler avec moi ?

— Je n'ai plus envie de parler.

— Mais il le faut ! Tu ne comprends pas. Tu as trop d'importance à mes yeux pour te laisser me fuir.

Hannah recula d'un pas pour s'éloigner du bord du quai.

— C'est pour ça que je t'ai téléphoné. Que je t'ai invitée à dîner le mois dernier. Ne comprends-tu pas ? Il y a vingt ans, quand je me rendais au lycée, je faisais comme si tu marchais à côté de moi. Je n'ai jamais... (Le reste de la phrase fut noyé dans le grondement du train.) Il faut qu'on se voie.

Les portes du wagon s'ouvrirent. Hannah se précipita à toutes jambes vers la voiture suivante. Fenêtres fêlées. Graffiti barbouillés sur les cloisons. Des gens entassés comme des sardines en boîte. La sécurité dans la multitude. Elle était hors d'atteinte de Kyle.

Pennsylvania Station... Times Square... La rame hurlante s'enfonçait dans les tunnels ténébreux dont elle suivait les coudes. Seigneur ! Il est complètement timbré. Comment faire pour me débarrasser de lui ? Combien d'hommes ont-ils aimé une femme jusqu'à l'obsession ? Il y a bien eu John Hinckley. Mais c'est différent. Il n'a jamais connu Jodie Foster. Et les hommes qui connaissent des femmes parce qu'ils travaillent avec elles, parce qu'un ami commun les leur a présentées, parce qu'ils habitent le même immeuble ou fréquentent la même école ?

Jamais Hannah n'avait imaginé quelqu'un qui fût aussi désespérément à la recherche d'un contact humain — négatif ou positif, mais un contact — que Kyle. Qu'est-ce que je peux bien faire ?

La rame ralentit, puis s'immobilisa le long du quai. C'était la 72ᵉ Rue. Hannah descendit. Kyle était dix mètres plus loin. Il attendait.

— Fiche-moi la paix ! Va-t'en ou je crie.

— Mais c'est ici que je change.

— Alors, reste ici, sur le quai. Si tu essaies de me suivre j'appelle la police.

Hannah tourna les talons, s'éloigna en courant presque, grimpa l'escalier et émergea dans Broadway. Il faisait tiède. Le ciel était zébré de traînées orange et or. Maîtrise-toi. C'est fini. Pense à autre chose... à n'importe quoi... à ce que tu te feras pour dîner. Il est parti. West End Avenue... 71ᵉ Rue... 70ᵉ... Ça allait mieux. Hannah commençait à penser de manière plus cohérente. Pourquoi Kyle se conduit-il ainsi ? Il doit sûrement me détester. Mais oui... c'est ça. Voilà ce que c'est. Mais comment calmer une haine de cette sorte ? Jusqu'où peut-elle aller ?

Les pensées d'Hannah s'attachaient maintenant de plus en plus à des détails précis. Pourquoi Kyle m'a-t-il écrit, il y a un mois, au lieu de s'arranger pour me rencontrer « par hasard » dans la rue ? Réfléchis ! Peut-être pour qu'on se voie un moment, qu'on passe ensemble deux ou trois heures, afin de m'impressionner favorablement. Bon, c'était logique. Question suivante : pourquoi est-ce maintenant qu'il a décidé de m'avouer son amour ? Il a sans doute estimé qu'il ne pouvait plus vivre sans moi. C'était possible. Un esprit malade pouvait suivre ce raisonnement. Mais cela n'expliquait pas le fait qu'il aurait pu lui téléphoner et la relancer sans pour autant passer aux aveux. Il y avait un maillon manquant. Voyons les choses sous un autre angle. Peut-être que quelque chose a changé dans sa vie vers l'époque où il a téléphoné. Quand était-ce ? Il y a un mois. Qu'est-il arrivé ? Que s'est-il passé ? ... Quand était-ce ? Il a téléphoné... il y a un mois. La rose. C'était Kyle qui envoyait les roses — elle en avait la conviction. Mais elle avait reçu la première en avril et il avait téléphoné au mois de juin. Il y avait eu une rose en avril, une autre en juin et une troisième aux alentours du week-end du 4 juillet. Il ne fallait pas s'emballer, mais des femmes avaient été assassinées en avril, en juin et aux alentours du 4 juillet.

Hannah entra dans son immeuble et ouvrit sa boîte aux lettres. Il y avait une note du gardien : « J'ai un colis en attente pour vous. »

C'était un chic type, Dominic Calamari, le gardien de l'immeuble. Il avait plus d'une fois raconté à Hannah son arrivée en Amérique avec ses parents en 1927, comment par une froide matinée d'hiver le bateau avait doublé la statue de la Liberté et abordé Ellis Island.

Elle descendit — il habitait en bas —, prit le paquet, remercia et remonta. Le cachet indiquait que le paquet avait été posté la veille. Au moins, le courrier fonctionne bien, pensa-t-elle. « C'est très bien, Banana, lui aurait dit Fergy. Garde ton sens de l'humour. Tu en auras besoin. »

Une fois dans l'appartement, elle défit l'emballage. Une boîte... la tige aux feuilles flétries d'une rose décapitée... et une carte. Toujours la même : LCASRQLRNCP.

Le refus était peut-être le meilleur moyen d'affronter la réalité. D'ailleurs, se dit-elle, tout ça n'est qu'une horrible blague. D'une main tremblante, Hannah froissa en boule le papier d'emballage, le carton, la carte et la rose, et alla jeter le tout dans l'incinérateur du couloir.

Effacé, Kyle. Elle lui avait renvoyé son manuscrit et lui avait dit une bonne fois pour toutes ce qu'elle avait sur le cœur. Elle ne voulait plus penser à lui.

15

Fergy était à Washington pour une conférence le jour où Hannah avait dit son fait à Kyle sur le quai du métro. Il lui téléphona le lendemain matin pour lui annoncer qu'il était rentré.

— Le voyage a été atroce. Il y avait un bébé qui a braillé du décollage à l'atterrissage. J'avais envie de le fourrer dans un placard à bagages, mais les parents n'ont pas voulu.

— Et ta conférence ?

— Encore pire que le vol. J'ai passé neuf heures à faire de la lèche à un bureaucrate emmerdeur qui ressemblait à un ver de terre géant, mais qui avait le pouvoir de nous accorder douze millions de dollars pour construire une zone industrielle dans le Bronx. Mon hôtel était miteux. Mes voisins de chambre ont joué au bowling toute la nuit. Et ce matin, j'ai lu dans le journal qu'un psychopathe appelé Dr Apocalypse va me mettre dans l'impossibilité de draguer les filles à New York.

— Tu n'es pas le seul à avoir des problèmes, si ça peut te consoler.

Sur quoi, Hannah fit à Fergy un compte rendu détaillé de sa rencontre de la veille avec Kyle.

— Peut-être qu'il recueille des éléments pour son prochain roman, suggéra Fergy.

— Merci bien. (Pendant le silence qui suivit, Hannah s'interrogea : allait-elle ou non aborder le sujet qui la tracassait depuis vingt-quatre heures ?) Fergy, je sais que c'est idiot, mais je voudrais te demander quelque chose. Quatre femmes ont été assassinées — une en avril, une en juin et deux ce mois-ci. Or, Kyle m'a envoyé des roses en avril, en juin et deux fois en juillet. Je ne veux pas me laisser emporter par mon imagination, mais...

Fergy l'interrompit :

— Tu as trop regardé de films le soir à la télévision, Banana.

C'était la réponse qu'Hannah attendait, mais elle n'était quand même pas entièrement convaincue.

— Comment peux-tu être aussi sûr de toi ?

— Parce que je ne pense pas, pour ma part, que les envois de roses ont vraiment coïncidé avec ces meurtres. Tu te l'imagines, histoire de te donner des émotions.

— Non.

— Bien sûr que si ! Kyle est un malade. Ses fantasmes décollent tellement de la réalité qu'il est bon pour une crise de dépression s'il ne se fait pas soigner, mais il n'a rien dit ni rien fait qui indique qu'il soit porté à la violence. Et je ne dis pas ça seulement pour te rassurer. Tu es ma meilleure amie et si jamais quelque chose t'arrivait, je n'y survivrais pas. Je crois simplement que Kyle n'est pas dangereux.

Il a probablement raison, songea Hannah. Elle ne se rappelait plus avec précision, en effet, les dates où elle avait reçu les roses. Et Kyle n'avait pas de dynamisme, c'était un être passif, faible, même. Pourtant, le fait qu'il la suivait comme son ombre depuis si longtemps la troublait. Rétrospectivement, elle avait l'impression qu'au lycée, il était toujours un rang derrière elle, à sa gauche ou à sa droite — l'endroit parfait pour la regarder pendant les cours. Et elle avait lu le manuscrit. Ajouté à ses coups de téléphone, ses lettres, sa « déclaration d'amour »... et cette accumulation de faits, ça provoquait chez Hannah quelque chose qui n'était pas simplement un sentiment de malaise. Kyle constituait une menace et cette situation avait un aspect particulièrement inquiétant. Jusqu'à maintenant, Kyle avait espéré, peut-être même cru, que les choses finiraient par s'arranger pour le mieux entre Hannah et lui. Elle se demanda comment il réagirait en se rendant compte qu'il n'y avait aucun espoir.

*

Richard Marritt recula de quelques pas et considéra le plan de Manhattan placardé sur le mur et qu'il venait de compléter. Du bleu pour Ethel Purcell, du vert pour Linda Taylor, du bistre pour Alison Schoenfeld. Maintenant, il y avait du jaune. Un fin tracé jaune, qui récapitulait les allées et venues d'Elizabeth Wald le jour où elle avait été assassinée. Ce jour-là, le dimanche, elle avait pris un petit déjeuner tardif avec une amie, elle s'était promenée puis était allée au musée d'Art moderne, 53e Rue. L'inspecteur supposait que c'était là qu'elle avait rencontré son meurtrier. Il l'avait probablement raccompagnée et elle l'avait invité à monter. Alors... Marritt revoyait la triste scène qui n'était devenue que trop familière. Un corps entièrement habillé, le mobilier et le sol éclaboussés de sang. Combien y aurait-il de nouvelles couleurs sur le plan mural d'ici la fin de l'été ?

Il était deux heures de l'après-midi. Ces meurtres étaient pain bénit pour le *Daily News* et le *Post*. L'homicide augmente le tirage quand le lecteur s'identifie à la victime. Quel meilleur moyen de vendre des journaux qu'en avertissant toutes les femmes de Manhattan que leur vie est en danger? Le *Post* en particulier jouait à fond la carte « personne n'est à l'abri ». LE DR APOCALYPSE RÔDE, proclamait son titre en gros caractères. Le *News* était un peu plus mesuré dans sa présentation, mais à peine. En conséquence, la police était submergée de coups de téléphone et de lettres de cinglés qui s'avouaient coupables. On relevait les empreintes digitales sur chaque lettre, si insignifiantes soient-elles. Chaque fois qu'un tuyau était donné par téléphone, l'appel était enregistré et, si possible, on remontait à sa source. Les moindres bribes de renseignement venaient alimenter l'ordinateur et grossir la banque de données. Leur traitement apporterait peut-être un indice : un même nom qui apparaîtrait dans les carnets d'adresses de plusieurs victimes, un suspect qui aurait assisté à trop d'enterrements. Mais l'enquête continuerait à stagner tant qu'un fait nouveau n'apparaîtrait pas. Tout ce que Marritt pouvait faire était d'examiner et réexaminer les photos des lieux des quatre crimes, d'écouter et réécouter les messages enregistrés par le répondeur d'Elizabeth Wald, de lire et relire l'inventaire des objets trouvés au domicile des quatre jeunes femmes et de se demander si les dates auxquelles avaient été commis les meurtres avaient une raison d'être ou si le fait que les deux dernières malheureuses étaient rousses pouvait fournir un début de piste.

Le téléphone sonna. Il décrocha au moment où

Dema entrait dans son bureau, lui fit signe de s'asseoir, prit son bloc et commença à y prendre des notes.

— Combien ? Dema l'entendit-il demander. Bon, mettez tout ça sur la liste... Non, il n'y a pas lieu de se jeter là-dessus toute affaire cessante, mais on ne sait jamais.

Marritt raccrocha.

— Ce n'est qu'une vague intuition, expliqua-t-il au jeune policier. Je me suis dit qu'on devrait noter les noms de tous les hommes de vingt à cinquante ans qui tentent de se suicider. Il y a une chance sur mille, mais peut-être que notre gars retrouvera ses esprits et tentera de se supprimer.

— J'appelle ça un vœu pieux.

— Tu as probablement raison, mais il faut que je trouve une idée pour conserver le moral. Que veux-tu que je fasse ? Quatre femmes sont mortes. Les rapports d'autopsie se ressemblent comme quatre gouttes d'eau. Il n'y a pas de témoins. Et si on agrafe ce type, il s'en tirera probablement en plaidant la folie.

— Aucun jury n'avalerait ça.

— Pourquoi ? Le mec est dingue. Il arrive à la plupart des gens de fantasmer sur le meurtre à un moment ou à un autre. Mais lui est passé à l'acte. C'est comme le cas Bernhard Goetz. Des milliers de gens, à New York, rêvent de faire ce qu'il a fait mais ils ne le font pas. Goetz est sorti, a dégoté un revolver et a descendu quatre personnes. Il faut avoir le cerveau un peu fêlé pour en arriver là. Ma foi, le Dr Apocalypse ou machin chouette l'a vachement fêlé, lui. Il vit sans doute normalement, il a un emploi, il va à son boulot. Mais il est branque. (L'inspecteur jeta un regard las sur l'agrandissement de l'empreinte posé au coin du bureau.) Tu veux que je te dise ? (Il releva la tête.) Je donnerais un an de salaire pour alpaguer ce mec avant qu'il ne recommence. Chaque fois que j'ai à m'occuper d'une affaire de ce genre, ça devient pour moi un compte personnel à régler. J'ai tort. Un flic ne devrait pas réagir ainsi. Mais quand je regarde les photos de ces filles, j'ai envie de grimper aux rideaux. Ça pourrait être ma femme ou mes gosses. On ne peut pas arrêter quelque chose avant que ça commence, mais maintenant que ce type s'est mis à tuer, je me sentirai responsable aussi longtemps qu'il n'aura pas été mis hors d'état de nuire.

— Ce n'est pas toi qui es responsable. Ce sont d'autres qui l'ont fait tel qu'il est : ses parents, ses maîtres... tous ceux qui ont eu une quelconque influence sur lui.

— Peut-être, mais ils ne sont plus là. Ou s'ils le sont encore, ils ne sont d'aucune aide. A présent, c'est affaire entre nous et lui. Et c'est lui le gagnant. Il est intelligent. Il fait preuve de jugement quand il prend ses risques. J'imagine qu'il a pigé comme il est facile de commettre un assassinat et de s'en tirer.

*

Il était sept heures du soir. La télévision était en panne. Ce qui était sans importance. Pour les programmes qu'il y avait à voir... Kyle était assis sur son lit. Vingt-quatre heures s'étaient écoulées depuis l'humiliation qu'Hannah lui avait fait subir sur ce quai de métro. Peut-être qu'elle reviendrait à de meilleurs sentiments ce soir et qu'elle l'appellerait. Comment a-t-elle pu me faire ça ? C'était affreux. Si je pensais pouvoir en trouver une autre que j'aimerais autant qu'elle, je la laisserais bel et bien choir. Mais ce n'est pas possible. Ni maintenant ni plus tard. Jamais. Il n'existe personne comme elle.

Des revues étaient éparpillées par terre : *Harper's, New York, Atlantic Monthly*. Kyle prit celle qui se trouvait le plus près du lit et se mit à la feuilleter. « Le Théâtre »... « Les Arts »... S'il y avait une autre fille ici, je pourrais fermer les yeux et faire comme si c'était elle, mais ça ne marcherait pas. Elle parlerait et se comporterait différemment. Il continuait de tourner les pages... « La Danse »... « La Musique »..., « Petites annonces personnelles »... Tiens, je vais jeter un coup d'œil, rien que pour rigoler. « Piquante brunette »... « Jeune femme catholique, beaucoup de charme »... Continuons... « Dame distinguée de quarante ans »... Sans intérêt. Aucune.

> JOLIE BLONDE, ÉCRIVAIN — Grande et mince, cultivée, très sexy, romancière. Cherche monsieur même profil. Tendre, intelligent, la trentaine. N° 702.

Celle-ci, peut-être.

S'il ne s'était pas produit ce qui s'est produit hier, je n'aurais jamais fait ça. Au grand jamais. Mais ce serait un moyen de faire tomber Hannah de son piédestal. Et si je mène bien ma barque, elle viendra en pleurant me supplier de la choisir, elle.

« Cher Numéro 702. » Qu'est-ce que je dois mettre ? « Je suis un enfant adopté. » Non, ce n'est pas bon. Je recommence. « Cher Numéro 702, je me rappelle quand mes parents m'ont offert mon premier train électrique. » C'est mieux. C'est créatif et original.

> Cher Numéro 702,
>
> Je me rappelle quand mes parents m'ont offert mon premier train électrique. C'était à Noël, en 1956, et ce train avait infiniment plus d'importance pour moi que Ike, Elvis ou l'extraordinaire sans faute de Don Larsen aux World Series[1].
>
> Maintenant que j'ai capté votre attention, allons-y pour le portrait robot. Je suis grand, mince, instruit (Williams College) et j'ai trente-six ans. Je suis écrivain comme vous. Nous pourrions peut-être prendre un verre ou dîner ensemble ?

Je ne peux pas tomber amoureux d'une autre. C'est d'Hannah que je suis amoureux.

1. Finales de base-ball.

Déchire cette lettre et flanque-la au panier. Je veux rester fidèle à Hannah... « Jolie blonde, écrivain — grande et mince, cultivée, très sexy... » Peut-être qu'elle et Hannah ensemble... Non ! Chacune de son côté. Si j'avais le choix, ce serait Hannah que je choisirais. Mais cette femme... Ce serait peut-être une bonne idée de la rencontrer, rien que pour voir la tête qu'elle a. Et quand Hannah reviendra, c'est elle que je pourrai choisir. J'ai eu tort de déchirer ma lettre. Maintenant, il va falloir que je la récrive. J'espère qu'Hannah ne découvrira pas le pot aux roses. Pas avant de nous avoir vus ensemble et d'être jalouse.

*

Fergy dormait lorsque le téléphone sonna.

— Salut ! C'est Hannah. Je t'ai réveillé ? (Un long silence.) Oui, je crois bien. Je te demande pardon. Je t'appelais juste pour te souhaiter bonne nuit.

— Quelle heure est-il ?

— Aux environs de minuit. Tout ce que je voulais, c'était te remercier de tout ce que tu as fait pour moi ces jours-ci. (Nouveau silence.) Allô, Fergy ? Ça va ?

— Je suppose. C'est simplement que j'étais en train de faire un rêve tout ce qu'il y a de bizarre.

— O.K. Rendors-toi.

16

Pour Hannah, les jours se télescopaient. La vie d'artiste étant ce qu'elle est, il n'y avait guère de différence entre les jours de semaine et les jours fériés. Elle alla au cinéma, elle assista à un concert, fit une apparition à une soirée chez ses voisins. Les invités avaient tous l'air de sortir d'un roman de Dickens, personnalités curieuses et physique assorti. Et il y avait les leçons de danse. Les livres. Un lundi, un peu avant la fin juillet, elle dîna avec Fergy.

Ils se retrouvèrent au Metropolis, Columbus Avenue. La salle à manger au carrelage vieux d'un siècle comptait deux douzaines de tables confortablement espacées. Des piliers de fer forgé peints en blanc soutenaient le plafond. Des lumières tamisées, une foule de plantes vertes et un barbecue tout au fond.

— Comment s'est passé ton week-end ? s'enquit Hannah quand ils se furent installés.

Fergy haussa les épaules.

— Toujours pareil. Vendredi, j'ai invité une nana dont j'avais fait la connaissance il y a trois mois au supermarché. Mignonne, les yeux bleus, les cheveux blonds — plein de cheveux blonds. Pour obtenir ce rancart, j'ai eu autant de mal que pour m'inscrire pour le marathon de New York. Cela faisait des semaines que j'étais sur la liste d'attente.

— Et alors ?

— Il y avait un problème d'âge. Elle prétend être en seconde mais je crois qu'elle ment. Bon... je blague. En fait, elle a vingt et un ans. Mais c'est encore trop jeune. Comment veux-tu que je sorte avec une fille qui n'était pas encore née quand les Beatles se produisaient dans le show d'Ed Sullivan ? Voilà pour vendredi. Samedi, je suis allé au cinéma avec la nouvelle vice-présidente de chez Merrill Lynch, ce qui a été une bourde monumentale. Il y a des hommes qui tiennent la liste des femmes avec lesquelles ils ont couché. Cette souris-là, elle, ce sont des fichiers qu'elle tient.

— Quoi ?

— Tu as bien entendu : des fichiers. Elle inscrit le nom de tous les types avec qui elle sort, fait un résumé de leur rencontre et note différents détails de leur biographie. Et s'ils ont fait l'amour, elle consigne la date de l'événement, le lieu, les positions adoptées, le nombre des orgasmes et les particularités sexuelles du gars.

— Tu inventes !

— Absolument pas, je te jure. Elle m'a fait voir ses dossiers.

Un garçon leur apporta deux menus grand format. Fergy commanda un martini-vodka, Hannah un Bloody Mary.

— Et tu es dans son fichier ?

— A la rubrique rendez-vous, oui. Comme partenaire de lit, négatif. Dès le début de la soirée, elle m'a prévenu qu'elle ne couche pas avec les hommes qui gagnent moins de quatre-vingt mille dollars par an.

— Pourquoi quatre-vingt mille ?

— Je n'en ai aucune idée. Tout ce que je sais, c'est qu'elle a passé la majeure partie de la soirée à parler des crédits alloués à la reconstruction qui avaient ou n'avaient pas été placés comme il convenait au même titre que les fonds consolidés des entreprises de services publics. J'aurais mieux fait de rester chez moi à regarder la télévision.

Le garçon reparut avec leurs consommations et attendit tandis qu'ils consultaient le menu.

— Dimanche, ça a été encore plus mémorable, reprit Fergy quand ils eurent passé commande. J'ai couché avec une chef comptable de la Walter Thompson dont la vertu première est... excuse-moi... que ses seins sont si volumineux qu'elle arrive à faire se toucher ses mamelons. Elle parle de l'homme qu'elle espère trouver et épouser un jour comme les Juifs parlaient du Messie au temps des pharaons. Le fin du fin de l'érotisme consistait pour elle à me cracher dans le tuyau de l'oreille et elle n'arrêtait pas de m'appeler chéri, ce dont j'ai horreur. Après avoir fait l'amour, je l'ai regardée... (La voix de Fergy défaillit.) ... Je l'ai regardée — et j'aurais voulu pouvoir la faire se volatiliser d'un claquement de doigts. Cela dit pourtant, ça a été une expérience instructive. Jamais je n'avais encore dragué une fille qui porte les cheveux aussi courts. Le rêve pour un homme marié qui veut donner des coups de canif dans le contrat : il n'a pas à craindre que sa femme trouve des cheveux longs sur les revers de son veston.

Hannah garda le silence, s'interrogeant sur la façon dont elle devait réagir. En un sens, elle appréciait que Fergy lui parle sans complexe de ses aventures amoureuses. On pouvait même dire que cela créait une sorte de rempart sexuel entre eux. S'ils parlaient d'autres femmes, ils resteraient sans nul doute une paire d'amis, rien de plus. Et peut-être que, sous une forme détournée, ces conversations faisaient pour elle office d'exutoire sexuel, en quelque sorte. Mais malgré le ton désinvolte qu'affectait Fergy pour raconter ses aventures, Hannah avait l'impression qu'il émanait de lui une tristesse insondable.

— Tu veux que je te dise quel est ton problème ? fit-elle enfin. Tu es obsédé par le sexe et le physique des femmes.

— Ce n'est pas vrai. Personne ne dit que je dois épouser la plus belle fille du monde. La numéro deux fera parfaitement l'affaire.

— Sois sérieux, Fergy. Je suis ton amie. Je voudrais t'aider. Je ne porte pas de jugement sur ce qui est normal ou ne l'est pas, ce qui est bien ou mal. La seule chose qui compte pour moi, c'est ce qui te rendra heureux. Je suis passée par là. Il y a des hommes avec qui j'ai honte d'avoir couché. Il m'est arrivé deux fois — et ça a été des sales moments — de devoir me creuser la cervelle pour me rappeler le nom de celui avec qui je me trouvais. J'étais plus exigeante pour les autres que je ne l'étais pour moi-même. Et je constate maintenant que tu commets les mêmes erreurs que moi.

— Peut-être, mais on ne peut pas dire qu'il soit particulièrement facile de faire en sorte que tout marche bien, Banana. Tu en fournis la preuve. Tu es intelligente. Tu es belle. Tu es sexy. Tu es fantastique. Tu connais tous les mantras de la joie, de la participation, de la vie et de l'amour. Mais sois franche. Pourquoi, chaque fois que tu fais la connaissance d'un homme, barres-tu son nom d'un grand X avant même de le connaître ? Tu es aussi coupable que je le suis de raconter des petits mensonges au lieu de tout mettre carrément sur la table comme on devrait le faire. Si je pouvais trouver une relation gratifiante...

— Une relation, ça ne se trouve pas : ça se construit, rectifia Hannah.

— Alors, soit dit avec tout le respect que je te dois, puisque tu es tellement maligne, comment se fait-il que tu ne l'aies pas fait ?

C'était le match nul.

Le maître d'hôtel installa un couple à une table voisine. L'homme ressemblait à Billy Joel. Hannah but son Bloody Mary à petites gorgées. Fergy termina son martini-vodka et en commanda un second. C'était le moment ou jamais de changer de sujet.

— Kyle m'a encore envoyé une carte, dit Hannah.

— Quand ça ?

— Je l'ai reçue au courrier de ce matin. (Hannah

fouilla dans son sac et en sortit une carte de vœux dont le recto de la première page était décoré d'une orchidée violette.) Tiens.

Fergy déplia la carte et lut ce message calligraphié à la plume :

Quand derrière le mur du jardin luisent les étoiles
Tu es dans mes bras
Le rossignol chante son conte de fées
Parlant du paradis où poussent les roses

Amicalement
kyle

— Il est azimuté, ce type, hein ? (Hannah acquiesça.) Je parie qu'il aime Hoagy Carmichael. (Fergy relut le texte.) Regarde comment il a écrit son nom. Avec un k minuscule.

Le garçon revint avec les entrées. Fergy finit son verre. Le saumon grillé d'Hannah avait l'air succulent.

Ce fut Hannah qui reprit la conversation :

— Quand j'ai reçu cette carte, j'ai fait quelque chose d'idiot.

— Quoi donc ?

— J'ai téléphoné à la police. Toutes ces histoires — le Dr Apocalypse et Kyle et les roses mortes —, ça me rendait nerveuse. Alors, cet après-midi j'ai appelé le numéro spécial réservé aux renseignements sur le Dr Apocalypse.

— Et alors ?

— Ça n'a pas donné grand-chose. J'ai dit au

policier qui a pris mon appel que j'avais reçu quatre roses mortes — une après chacun des meurtres — et que je pensais que celui qui me les envoyait était un dénommé Kyle Howard qui m'aimait depuis dix-huit ans et dont l'amour avait tourné à l'idée fixe. Le flic m'a demandé les dates exactes de réception des roses et j'ai été incapable de me les rappeler. Et puis, il m'a demandé si Kyle avait enfreint telle ou telle loi, s'il avait eu recours à la violence ou aux menaces. J'ai répondu que non. Dès lors, il m'a paru évident qu'il ne prenait pas ce que je disais au sérieux et j'ai commencé à me sentir bête comme une oie. Je lui ai donné l'adresse et le numéro de Kyle. Il m'a remercié et voilà tout.

— T'a-t-il dit s'ils enquêteraient ou non de ce côté ?

— J'ai supposé que non.

Fergy se laissa aller contre le dossier de sa chaise. Son expression s'était faite songeuse.

— C'est curieux, dit-il. Depuis que Kyle a reparu dans ta vie, j'ai commencé à me remémorer l'époque du collège. Quand j'étais en terminale, une famille noire s'est installée dans le quartier. Un des gosses avait mon âge. Il faisait un mètre quatre-vingt-dix, c'était le premier élève noir qui entrait au lycée Jackson — et il ne savait pas jouer au basket. Ça a été un crève-cœur général.

— C'est le seul souvenir que tu gardes ?

— Non, bien sûr. Mais j'aimerais bien savoir quels sont ceux de Kyle et ce qui l'empêche de les évacuer. Normalement, il aurait dû avoir réalisé à un moment ou un autre qu'il avait tout intérêt à changer... à chercher le secours de la médecine, à faire quelque chose pour soulager sa souffrance.

— Peut-être, mais il n'en a rien fait et, moi, c'est autre chose qui me tracasse.

— Quoi donc ?

— Je redoute que toute sa rancœur, sa frustration, son désespoir et sa souffrance ne se retournent contre moi.

*

L'appartement le déprimait. Il était comme lui : solitaire. Il serait autrement plus agréable si Hannah était là. Elle pourrait s'installer chez lui mais, en fait, le sien était plus agréable. Douillet, gai. C'était du moins l'impression qu'il lui avait fait le soir où Hannah l'avait invité à prendre le café après le dîner au restaurant.

Quelle heure est-il ? Presque neuf heures du soir. Kyle attendait, les yeux fixés sur le téléphone. Peut-être qu'elle appellera. Si elle appelle, je lui dirai qu'elle a été l'influence formatrice de ma vie. Je lui dirai ça, textuellement. Il faudra bien qu'elle m'écoute. Vraiment pas terrible, le dîner que j'ai fait. Des hamburgers au McDonald's. Je devrais peut-être débrancher le téléphone et rester là à réfléchir un jour ou deux. Sans manger. Pour m'éclaircir un peu les idées. Pas la peine. Elles sont parfaitement claires. C'est drôle, parfois, la façon dont les choses se goupillent. Quand Hannah s'est mariée, j'ai cru que je ne supporterais pas la douleur tellement ça m'a fait mal. Et puis, ça a été le divorce. Quel bonheur ! J'exultais. Un jour, quand on aura passé le cap, nous en rirons ensemble en y repensant. *Forsan et haec olim meminisse juvabit.* Je me demande combien de gens connaissent ce vers. C'est dans l'*Enéide.* Après la chute de Troie, Enée et ses compagnons étaient à la dérive sur la mer, en proie à d'interminables souffrances. Et puis ils firent naufrage et se retrouvèrent abandonnés sur une île déserte. Il faisait froid. Il y eut une tempête. Alors, Enée réunit ses compagnons et il leur dit : *Forsan et haec olim meminisse juvabit* — peut-être sera-t-il un jour agréable de se rappeler ces choses.

La sonnerie du téléphone interrompit la rêverie de Kyle.

— Allô ?

— Allô... je suis bien chez Kyle Howard ?

— Oui. Qui est à l'appareil ?

— Mon nom est Liz Gutner. J'ai reçu votre lettre ce matin. (Une pause.) Les annonces personnelles du magazine *New York.*

Quel jour était-on ? Lundi. Il n'avait pas pensé que sa correspondante se manifesterait aussi vite.

— C'était une lettre épatante, enchaîna-t-elle. J'ai déjà passé plusieurs fois des annonces et les réponses sont minables pour la plupart. Si vous saviez le nombre de gens qui envoient des photocopies ! Enfin quoi ! Comment peut-on croire ceux qui vous disent qu'ils ont lu votre annonce et sont profondément convaincus que vous avez une foule de points communs avec eux alors que leurs lettres, signature comprise, est une photocopie ?

— En effet, ça n'est pas particulièrement personnel, hein ?

— Comme vous dites. Mais votre lettre est formidable, surtout quand vous parlez d'Ike, d'Elvis et du train électrique. Bref, je me suis dit que j'allais vous téléphoner pour savoir si votre invitation à dîner tient toujours.

— Parfaitement. Quand êtes-vous libre ?

— Ma foi, il n'est que neuf heures et mes projets pour la soirée sont tombés à l'eau. Si on se voyait maintenant ?

— D'accord. Sauf que j'ai déjà dîné. Mais on pourrait prendre un verre.

— Qu'est-ce que vous diriez d'un endroit sympa comme le bar du Gulf & Western Building, le Top of the Park, au 42e étage.

— Entendu. J'aurai un pantalon marron et une chemise. Et vous ? Comment serez-vous habillée ?

— Ne vous faites pas de bile, nous nous reconnaîtrons. Je pars tout de suite et j'y serai vers neuf heures et demie.

*

Il était neuf heures vingt-neuf quand l'ascenseur déposa Kyle au 42e étage du Gulf & Western Building. La salle était à moitié vide. On découvrait par les baies vitrées un panorama extraordinaire. Le pont George Washington, la partie nord de Manhattan, Central Park, l'Hudson qui étincelaient dans la nuit d'été. Quand sa vision se fut accoutumée à la lumière tamisée, il regarda tout autour de lui. Des gens étaient installés par petits groupes à des tables rondes disséminées dans la pièce. Il n'y avait pas de femme seule en vue.

Je devrais peut-être attendre près de l'entrée. Ce serait mieux que de m'asseoir à une table. Enfin, il me semble.

— Puis-je vous aider, monsieur ?

Kyle se tourna vers l'hôtesse — la trentaine bien sonnée et le sourire professionnel.

— Non, merci. J'attends quelqu'un.

L'hôtesse repartit comme elle était venue.

Grande, blonde, belle, très sexy et écrivain. Liz Gutner... Drôle de nom. Il a une consonance juive. D'ailleurs peu importe, mais des juives blondes, il ne doit pas y en avoir des masses. Probablement blond ou blond vénitien.

Une brune séduisante émergea de l'ascenseur et se dirigea droit vers lui. Elle est jolie. Je me demande si c'est elle. Souriante, elle traversa la salle pour rejoindre deux hommes et une autre femme déjà installés. Bien sûr que ça n'est pas elle. La couleur des cheveux ne colle pas.

Peut-être que ça marchera à fond. Liz a choisi un endroit agréable. Très romantique. Une blonde chaleureuse, cultivée, svelte, d'une beauté fracassante... Si Hannah nous voit ensemble, sûr et certain qu'elle en fera une jaunisse. Quelle heure est-il ? Dix heures moins vingt. Liz a sans doute eu du mal à trouver un taxi ou quelque chose comme ça.

Les portes de l'ascenseur s'ouvrirent. Un couple d'âge mûr sortit de la cabine.

Dix heures moins le quart. Dix heures moins dix. C'est rudement chic, ici. Je me demande combien coûtent les consommations. J'ai assez d'argent sur moi, mais quand même. Disons quatre dollars. Plus le pourboire et les taxes. Si on prend deux verres chacun, ça pourrait me revenir à vingt dollars. Mais ça en vaut la peine, si ça marche. Je me demande comment elle est ? Genre Cybill Shepherd, ça m'irait, sauf que j'aimerais qu'elle ait les cheveux plus longs et l'air plus chaleureux. Peut-être que ce sera quelqu'un comme l'Helen de mon roman, quelqu'un...

— Excusez-moi. Vous êtes Kyle ? (Silence de l'interpellé.) Oui, sûrement, vous êtes Kyle. Je suis Liz. Ravie de faire votre connaissance.

Elle se tenait plantée droit devant lui. Ecrivain, belle, blonde, grande, mince, cultivée, très sexy. Sauf qu'elle n'était rien de tout ça. Un visage dur, l'air pincé. Même dans la pénombre, on voyait les racines noires de ses cheveux teints. Elle portait une minijupe en cuir et un chemisier dont le tissu semblait métallisé. Elle avait quarante ans facile et n'avait jamais été jolie que dans son imagination.

— Bonsoir. Je crois... je veux dire que je ne vous avais pas reconnue. L'annonce disait que sous étiez grande.

— Ah oui... (Liz sourit.) Je mets ça parce qu'une

fois où j'en avais fait passer une, une amie m'a reconnue à la description et qu'est-ce qu'elle m'a mise en boîte !

L'hôtesse reparut et les pilota jusqu'à une table au milieu de la salle. Liz prit une cigarette qu'elle alluma.

— J'ai aimé votre lettre. Mais je vous l'ai déjà dit. Qu'est-ce qui vous a incité à répondre à mon annonce ?

Et son maquillage ! Il pesait une tonne. Les lèvres lourdement accentuées, du fard à paupières foncé. Elle te parle. Réponds-lui.

— Je ne sais pas. Je crois... enfin, je suis écrivain et vous disiez que vous étiez écrivain, vous aussi. Vous aviez l'air d'être sympathique.

— J'ai eu du mal à trouver ce qu'il fallait mettre dans mon annonce. Je voulais donner l'impression d'être séduisante, mais sans exagérer. Je suppose que vous visiez le même but dans votre lettre.

Un serveur vint prendre leur commande.

Pourquoi a-t-il fallu que l'hôtesse nous place au beau milieu de la salle où tout le monde peut nous voir ? Elle a l'air d'une putain.

— Vous dites dans votre lettre que vous sortez de Williams et que vous êtes écrivain. Quel genre de chose écrivez-vous pour gagner votre vie ?

— Je suis romancier.

— Et ça vous permet de vivre ?

— Tout à fait. Il m'arrive parfois aussi d'écrire des articles pour mettre un peu de beurre dans les épinards.

Quel mal y avait-il à mentir ?

— Pensez-vous que j'ai lu un de vos livres ?

Elle fumait trop : ses dents étaient jaunies par la nicotine. Une de ses incisives était ébréchée.

— Je vous demandais si vous pensez que j'ai lu un de vos livres.

— Sans doute pas.

Fichez-moi la paix. Ce que je voudrais que ce soit fini !

Le serveur revint avec leurs verres et une soucoupe de cacahuètes.

— Ça va ? s'enquit Liz. Je vous trouve un peu... distant.

— Ça va très bien. C'est seulement que je suis un peu préoccupé en ce moment. Récemment, j'ai rompu avec quelqu'un... quelqu'un avec qui je sortais il y a longtemps... quand nous étions en terminale. J'aurais dû l'épouser à l'époque, mais je manquais encore de maturité.

— A dix-sept ans ?

— Probablement. Toujours est-il qu'après notre rupture... quand nous étions plus jeunes... j'ai connu beaucoup de femmes. Et puis, il n'y a pas très longtemps, nous nous sommes retrouvés, mais ça n'a pas marché. Enfin... je l'intéresse toujours, mais ce n'est plus pareil. Bref, j'ai pensé que je devais vous dire par honnêteté qu'il y a plus ou moins quelqu'un dans ma vie.

Les yeux de Liz se braquèrent comme deux radars sur ceux de Kyle.

— Si j'ai bien compris, ça signifie que je ne vous plais pas ?

— Non ! Enfin... je vous trouve très charmante.

— Ma foi, vous n'êtes pas parfait, vous non plus, et j'en prends plein la gueule. J'ai fait des frais de toilette. Je suis venue à pied de la 20e Rue — et vous ne m'avez même pas demandé ce que je fais pour gagner ma vie. Vous vous êtes contenté de me lancer un coup d'œil et vous m'avez rayée de la liste.

— Ce n'est pas vrai. Vous me plaisez. Je cherche seulement à être franc.

— Il cherche à être honnête ! Tu parles, tiens ! Les mecs dans votre genre, je les connais. Tout ce qui vous intéresse, c'est des cheveux blonds et du nichon. Eh bien, je vais vous dire une bonne chose. Je ne suis pas plus contente d'être ici que vous ne l'êtes. Et je vais encore vous dire autre chose. Je vais rester à cette table et finir mon verre, parce qu'elle est chouette, cette boîte, et que la vue est du tonnerre. Et vous resterez avec moi jusqu'au bout. Après, vous pourrez rentrer chez vous et téléphoner à votre bon Dieu de petite amie de lycée.

*

Le même soir, onze heures.

Hannah préparait son lit pour se coucher. Son genou gauche lui faisait mal, juste au point de rencontre du cartilage et du tendon. La maladie professionnelle. Jamais un demi de mêlée n'a autant de problèmes avec ses genoux qu'une danseuse.

Mais une bonne nuit de sommeil et il n'y paraîtrait plus.

Hannah avait passé une bonne soirée. Elle passait toujours un bon moment quand elle était avec Fergy. Elle ne s'ennuyait jamais et était presque toujours heureuse quand ils étaient ensemble.

Il faisait doux. Juillet à New York. Les ombres de la rue envahissaient la chambre. Fergy avait peut-être raison. Peut-être passait-elle les gens à la trappe un peu trop rapidement. Par exemple, objectivement parlant, qu'est-ce qui clochait chez Fergy ?

Sa propre question surprit Hannah. Non qu'elle n'eût pas une réponse valable toute prête. Simplement...

Le téléphone sonna... Une fois... deux fois... Hannah allongea le bras par-dessus le lit pour décrocher.

— Allô. Ici Kyle.

Sa voix résonna dans la tête d'Hannah comme la sirène d'un antivol d'automobile.

— Je sais qu'il est tard mais il fallait que je te parle.

— Je croyais que tu avais compris, Kyle : je ne veux plus parler avec toi.

— Je sais, mais il faut que tu m'écoutes. Toute ma vie, j'ai été solitaire. Mon seul bonheur, c'est toi.

— Ce n'est pas mon problème.

— Mais tout ce que je demande, c'est d'être avec toi. Au lycée, j'imaginais tout le temps que nous étions ensemble. A toutes les soirées dansantes, chaque fois qu'il y avait un événement, je rêvais que j'étais avec toi. Si tu savais le nombre de fois où j'ai arpenté les rues en faisant semblant que c'était avec toi ou que tu allais arriver derrière moi et me prendre la main.

La voix désincarnée de Kyle sortait de la nuit et Hannah avait l'impression qu'il faisait de plus en plus noir dans la chambre.

— Hannah, il faut que tu comprennes. Jamais personne ne m'a fait autant de mal que toi. Et personne ne pourrait me rendre plus heureux. Je t'en supplie ! Dis-moi quelque chose.

— Je regrette, je ne suis pas ton psy, Kyle.

— S'il te plaît ! Rien qu'une minute ! Ne raccroche pas. Tout ce que je...

Clic.

*

L'ennui quand on fait son droit, c'est qu'en quittant la fac, on est avocat. C'était du moins la manière dont Susan Marino voyait les choses après cinq ans passés dans un cabinet juridique de Wall Street. Le travail était assommant, l'atmosphère du bureau oppressante et les heures interminables. Aujourd'hui, par exemple, elle était restée jusqu'à onze heures dix à potasser des dossiers. Le taxi qu'elle avait appelé n'était arrivé qu'à onze heures trente et, en cours de route, elle s'était rendu compte que primo elle avait faim et secondo qu'il n'y avait plus rien dans le frigo. En conséquence de quoi, elle avait demandé au chauffeur de la déposer devant le supermarché ouvert vingt-quatre heures sur vingt-quatre à deux pas de chez elle. Une fois à l'intérieur, Susan jugea qu'elle pouvait aussi bien faire ses courses pour la semaine. Du lait, des jus de fruits, du pain, du fromage. Les articles commençaient à s'accumuler. Et il y en avait qui faisait du volume, tel le papier cuisine et les trois rouleaux de papier hygiénique. Elle en eut pour quarante-trois dollars et six cents (ce qui n'était pas un problème) et remplit deux sacs (ce qui en était un : il fallait aussi qu'elle porte son attaché-case, il était trop tard pour qu'elle se fasse livrer et elle n'était pas taillée en haltérophile). Elle sortit du supermarché en se battant avec ses sacs et son porte-documents, et réussit à atteindre le trottoir. C'est alors que le gars qui avait fait la queue derrière elle à la caisse et n'avait acheté qu'un berlingot de jus d'orange lui proposa de l'aider. Il avait l'air gentil. La voix douce. Dans les un mètre soixante-quinze, peut-être un rien de plus. Il pouvait avoir trente-cinq ans. Des traits avenants et le cheveu châtain. En chemin, ils se présentèrent — l'indispensable formalité... Susan Marino, Arnold Tinsley. Et Susan fit une chose stupide : elle l'invita à monter manger un croque-monsieur. Elle savait parfaitement qu'elle agissait comme une gourde. Mais elle se sentait esseulée, elle avait envie de parler avec quelqu'un en dînant et il était trop tard pour téléphoner à un copain de venir lui tenir compagnie. D'ailleurs, elle se flattait de savoir juger les gens. Elle ne se trompait jamais.

Les choses commencèrent à se gâter dans l'appartement. Au début, tout baignait dans l'huile. Ils discutèrent de politique et des problèmes de société des années 60.

— Où s'en est allé l'idéalisme d'alors ? fit Arnold.

— Les étudiants ont décroché leurs diplômes et ils ont eu des emplois, avait répondu Susan.

A ce moment, ils en étaient aux croque-monsieur.

— La plupart des gens ne savent pas s'ils ont été nourris au sein ou au biberon, reprit Arnold.

Ce propos arrivait comme des cheveux sur la soupe, sans aucun rapport avec la conversation. Susan ne savait pas trop s'il valait mieux y répondre ou éluder. En définitive, elle se borna à sourire et à manger son croque-monsieur un peu plus vite.

— J'ai une amie qui est danseuse, fit Arnold. Essayez rien qu'une minute de marcher en vous tenant sur la pointe des orteils. Ça fait un mal de chien et il est presque impossible de garder son équilibre.

Il y avait une sorte de tristesse dans la façon dont il regardait Susan qui se dépêchait de finir son croque-monsieur pour pouvoir le mettre à la porte. Quelque chose — un grain de cumin, peut-être — s'était coincé entre deux dents et il demanda à Susan si elle avait un cure-dents.

— Malheureusement non.

Ce fut alors qu'il sortit le couteau. Le premier réflexe de la jeune femme fut de crier, mais à la réflexion, il lui parut préférable de n'en rien faire.

— A vrai dire, je ne m'appelle pas vraiment Arnold Tinsley.

— Je ne comprends pas.

— Arnold est seulement le méchant qui est en moi et que j'ai inventé. Est-ce que vous faites des pipes ?

— Arnold, je vous en supplie...

— Je viens de vous dire que mon nom n'est pas Arnold.

— Bien... bien. Je vous appellerai comme vous voudrez... n'importe quoi...

— Mes amis m'appellent Fergy.

QUATRIÈME PARTIE

17

— Mesdames et messieurs, bonjour. Je suis Harvey Granfort, chef de la police de la ville de New York. Le monsieur qui est à ma gauche est l'inspecteur Richard Marritt. Nous sommes ici parce que, hier après-midi, le corps d'une avocate de trente ans, Susan Marino, a été trouvé dans son appartement, 309, 67ᵉ Rue Ouest. L'artère carotide de la victime a été sectionnée d'un unique coup de couteau. Le cadavre n'était pas dévêtu et ne présentait aucun signe de violences sexuelles. Il ressort des examens de laboratoire effectués aux premières heures de la matinée que les empreintes digitales relevées au domicile de Miss Marino sont identiques à celles qui ont été recueillies chez les quatre précédentes victimes. Cette conférence de presse a pour objet de tenir le public informé du déroulement de l'enquête par l'intermédiaire des médias. Je souhaiterais maintenant que l'inspecteur Marritt, qui a la responsabilité de cette enquête, prenne la parole.

Comme huit jours plus tôt, la salle de presse du

1 Police Plaza était pleine à craquer. Une demi-douzaine de caméras de télévision étaient prêtes à tourner. Les projecteurs paraissaient plus éblouissants que la dernière fois, mais Marritt se dit qu'il était peut-être le jouet de son imagination.

— Je ne sais pas très bien par où commencer, fit-il en prenant le micro. Comme vous le savez tous, entre le 18 avril et le 13 juillet de cette année, quatre jeunes femmes habitant Manhattan ont été assassinées chez elles. Vous connaissez la méthode du meurtrier. Il y a deux jours, le 21 juillet, il a encore frappé. Pour autant que nous puissions le préciser, Susan Marino a travaillé jusqu'à 23 heures, ce lundi, à son cabinet de Wall Street. Elle a ensuite appelé un taxi qui l'a déposée au supermarché Lincoln, à deux blocs de chez elle. La caissière se souvient de l'avoir vue. Selon ses dires, Miss Marino est arrivée et repartie seule. Son corps a été découvert hier à 16 heures. La mort remonterait à une heure du matin, c'est-à-dire une heure après son départ du supermarché. Tout indique qu'elle et une seconde personne, probablement son assassin, mangeaient des croque-monsieur au moment de l'assassinat. L'autopsie confirme cette hypothèse : le morceau de croque-monsieur intact trouvé sur la table de la cuisine correspond au bol alimentaire non digéré qu'il y avait dans l'estomac et l'intestin de la victime.

Un murmure parcourut la salle et Marritt reprit :

— Je m'excuse de m'appesantir sur ces détails précis, mais il importe que chacun d'entre vous comprenne bien ce qui se passe. Comme l'a indiqué

M. Granfort, les empreintes relevées dans l'appartement de Susan Marino sont identiques à celles recueillies au domicile des quatre précédentes victimes. Les effectifs des policiers affectés à l'enquête sont passés aujourd'hui à soixante-quinze hommes. Nous suivons toutes les pistes possibles. Si vous avez des questions à poser, c'est le moment.

Une multitude de mains se levèrent tandis que des dizaines de journalistes braillaient pour se faire entendre.

— Un peu d'ordre, s'il vous plaît, fit Marritt. Je ne peux répondre qu'à une seule question à la fois. Commençons par le monsieur au chandail bleu... là-bas.

Et, pendant quarante minutes, l'inspecteur fut bombardé de questions incisives, parfois même hostiles. « Nous avons déjà interrogé les ordinateurs, répondait Marritt, mais sans résultat jusqu'à présent... Cent mille empreintes digitales ont été jusqu'ici comparées à celles que nous avons et ça n'a rien donné... Si je m'abstiens de parler du Dr Apocalypse pour me référer au tueur, c'est parce que, à mon sens, les sobriquets et les étiquettes de ce genre ne font qu'accroître le risque que des émules suivent ses traces... Oui, je connais les statistiques concernant la criminalité à New York. Vous voulez des chiffres ? Je vais vous en donner. Dix-huit cents meurtres sont commis chaque année dans cette ville. Six pour cent par des membres de la famille des victimes, dix-sept pour cent à l'occasion de cambriolages et cinquante pour cent à la suite de querelles.

Quatre-vingt-deux pour cent des victimes et quatre-vingt-sept pour cent des agresseurs sont des hommes.

Ne t'énerve pas, se morigéna Marritt. Ne perds pas ton sang-froid.

— Monsieur l'inspecteur, pouvez-vous nous dire ce à quoi le public peut s'attendre dans les huit ou quinze jours à venir ?

Marritt prit une profonde inspiration, puis vida lentement ses poumons.

— Pour ce qui est de la police, il peut escompter qu'elle emploiera tous les moyens dont elle dispose sans ménager ses efforts. Quant au tueur... (Il s'interrompit. Que dire ?) Quant au tueur, nous sommes confrontés à une réalité terriblement inquiétante. La première victime, Ethel Purcell, a été tuée le 18 avril. La seconde, Linda Taylor, deux mois plus tard, le 17 juin. Depuis cette date, l'intervalle séparant les meurtres est passé à seize jours, puis à dix et maintenant à huit. Les chiffres parlent d'eux-mêmes.

Après la conférence de presse, Marritt regagna le commissariat. Une douzaine de messages (« prière de rappeler... ») étaient éparpillés sur son bureau. Gardant les plus importants pour lui, il chargea Dema de s'occuper des autres, puis il examina son agenda. Il avait rendez-vous à 14 heures avec un représentant du maire et à 16 heures, avec un psychiatre de la police qui, espérait-on, pourrait apporter quelque lumière sur la personnalité du Dr Apocalypse afin de hâter son arrestation.

Un jeune agent monta lui apporter les éditions spéciales du *New York Post* et du *Daily News*. Le *News* publiait en première page une LETTRE OUVERTE AU DR APOCALYPSE. Pour ne pas être en reste, le *Post* consacrait sa une à une supplique : DR APOCALYPSE, DE GRÂCE, ARRÊTEZ LE MASSACRE, LE *POST* ATTEND VOTRE VISITE.

Le *Post* publiait en outre en pages intérieures les croquis des « Cinq Victimes du Dr Apocalypse » et des interviews des confrères et des amis de Susan Marino. « De son propre aveu, concluait l'article, la police est submergée d'appels d'informateurs bénévoles, mais elle n'a pas de pistes sérieuses. Il est demandé à toute personne possédant des renseignements capables de contribuer à la mise hors d'état de nuire du tueur d'appeler le 520-9200. Tous les hommes disponibles, a déclaré le chef de la police de New York, Harvey Granfort, seront affectés à l'enquête. Les récompenses promises par différentes associations en échange d'informations qui conduiraient à l'arrestation et à l'inculpation du Dr Apocalypse se montent à la somme de 25 000 dollars. »

Après son entretien avec le représentant du maire, Marritt mangea un morceau sur le pouce, puis il prit une voiture de patrouille pour se rendre à son rendez-vous avec le psychiatre du Collège de Droit criminel. L'établissement occupait un immeuble de briques de trois étages à l'angle de la 59e Rue et de la 1re Avenue qui marquait la frontière entre deux quartiers : au sud, de sinistres bâtiments industriels et une H.L.M. ; au nord, des tours résidentielles comportant des studios à mille deux cents dollars par mois.

Le bureau du Dr Herman Richardson était au premier. Marritt se présenta et prit un fauteuil. Suivirent quelques minutes de conversation anodine. Richardson avait dans les quarante-cinq ans. Ses cheveux s'éclaircissaient et il avait une tache de naissance prononcée sous l'œil gauche. En parlant, il regardait son interlocuteur droit dans les yeux, ce qui plut à Marritt, mais sinon, rien ne trahissait la personnalité du psychiatre. On en vint finalement aux choses sérieuses.

— Vous savez pourquoi je suis venu vous voir, commença le policier. Cinq femmes ont été assassinées en l'espace de trois mois. La carotide sectionnée, aucune trace de violences sexuelles, les vêtements des victimes étaient en ordre. Pas de traces d'effraction non plus et les empreintes sont chaque fois les mêmes. Voilà.

Richardson ouvrit un dossier posé sur son bureau et prit un crayon.

— J'ai naturellement lu les journaux et vos propres rapports, dit-il. Mais il me faut avant tout m'assurer de l'exactitude des éléments dont je dispose. Quel âge avaient les victimes ?

— La fourchette s'établit entre vingt-cinq et trente-deux ans.

— Comment étaient-elles physiquement ?

— Pas laides, mais sans être des beautés. La plus grande était Elizabeth Wald qui mesurait environ un mètre soixante-huit. Alison Schoenfeld était la plus petite : un mètre cinquante-sept, peut-être un peu moins. Ethel Purcell avait une forte poitrine. C'est la première victime. La seconde, Linda Taylor, était plutôt plate. Deux de ces femmes étaient rousses. (Marritt s'interrompit, cherchant ce qu'il pourrait encore ajouter.) Je vous ai tout dit. Il n'y a pas de dénominateur commun. Juste cinq femmes relativement jeunes et au physique agréable.

— Dans quelle pièce se trouvaient les corps ?

— Dans la salle de séjour, sauf dans le cas de Susan Marino, qui était dans la cuisine.

— Et je conclus d'après vos rapports qu'il y avait des indices d'accueil hospitalier. Des verres, des amuse-gueule, des choses comme ça.

— C'est exact.

Tout en parlant, Richardson commença à prendre des notes :

— De quelle race étaient les victimes ?

— Blanche.

— Et quelles professions exerçaient-elles ?

— Susan Marino était avocate, Elizabeth Wald artiste, Alison Schoenfeld assistante sociale, Linda Taylor secrétaire et Ethel Purcell travaillait chez un agent de change.

— Les unes ou les autres fréquentaient-elles quelqu'un en particulier ?

— Alison Schoenfeld avait un petit ami. Il n'était pas à New York cette semaine-là.

— Et, si j'ai bien compris, l'assassin ne laisse pas de messages ?

— Non.

Le psychiatre cessa d'écrire.

— Je ne veux pas m'ingérer dans votre travail, inspecteur...

— Ne vous gênez surtout pas pour ça, docteur. J'ai désespérément besoin d'une aide.

Richardson sourit.

— Je comprends. Ce que je m'apprêtais à dire, c'est que dans les affaires de ce genre, un psychiatre ne peut pas faire grand-chose pour cerner la personnalité du tueur. Tout ce que je puis vous apporter, c'est un profil approximatif et très hypothétique — qui risque d'ailleurs d'être erroné. Mais commençons par quelques données de base. Votre assassin donne vraisemblablement l'impression — en surface, tout au moins — d'être quelqu'un qui ne ferait pas de mal à une mouche. Il inspire suffisamment confiance aux femmes pour qu'elles l'invitent chez elles, et il s'agit de femmes cultivées appartenant à une classe sociale déjà élevée. Cela veut dire qu'il déguise à merveille la folie meurtrière qui l'habite. Je présume qu'il a entre vingt-cinq et quarante ans, voire un peu plus. Il est probable qu'il ne réussit pas tellement bien dans sa profession. Les meurtres commis par des gens qui connaissent la réussite professionnelle sont en général d'une autre nature. C'est presque sûrement un solitaire et un célibataire. Il a beaucoup souffert dans son existence, mais c'est une chose que personne ne sait. Il est de ceux qui trouvent difficile de demander de l'aide et il préserve remarquablement bien le secret de son échec. Il a un physique assez quelconque, il parle et s'habille normalement, regarde la télévision, vote, lit des magazines et paie ses impôts. Il lie connaissance avec ses futures victimes et est capable d'établir avec elles des relations au moins superficielles. Le fait qu'elles l'invitent chez elles pour prendre un verre en est la preuve. En raison de ce type de relations — et compte tenu de sa technique d'assassinat que je qualifierais presque de clinique —, j'ai tendance à penser qu'il ne s'agit pas d'un psychopathe.

Marritt interrompit pour la première fois l'exposé de Richardson :

— Comment se peut-il que quelqu'un qui assassine cinq femmes ne soit pas psychopathe ?

— Ce que j'entends par là, c'est que les psychopathes sont incapables de faire la différence entre le rêve et la réalité. Un psychopathe peut, par exemple, avoir l'illusion qu'à chacun de ses meurtres, il tue la Reine de la Nuit. Il peut aussi avoir une personnalité multiple et être totalement dans l'ignorance de ce qu'il a fait. Je doute fort que ce soit le cas de votre assassin. C'est plus vraisemblablement un personnage extraordinairement cloisonné qui place dans des compartiments distincts et bien tranchés les gens et les événements de sa vie. Entre deux assassinats, il est conscient de ses actes, mais il banalise le crime qu'il a commis. Il n'a pas de morale, n'éprouve pas de remords et est inaccessible aux fondements les plus rudimentaires de la censure sociale. Dans la mesure où il réfléchit à ce qu'il a fait, il considère que c'est justifié. Il est sans doute convaincu de pouvoir s'arrêter quand il le voudra, tourner la page et l'assassin qui est en lui cessera alors d'exister.

— Peut-il réellement s'arrêter ?

— J'en doute.

Marritt garda un moment le silence, ne sachant trop quelle autre question poser.

— Mais pourquoi ? Qu'est-ce qui a fait que ce type ait soudain craqué ?

— Il y a fort peu de chances qu'il ait brusquement craqué. Il est plus probable que ce soit le résultat d'une longue frustration qui a perturbé son comportement. Il est possédé par une rage effrayante et puisque ce sont des femmes qu'il tue, cette rage est presque assurément dirigée contre sa mère. Les vraies émotions adultes lui sont inconnues : c'est un esprit pré-adolescent qui commande les actes d'un adulte. Il doit avoir une conception infantile de la femme. Elle est pour lui une entité lointaine, irréelle. A un certain niveau, il voit dans les femmes des êtres dangereux, menaçants, ce qui lui permet de considérer qu'il agit par autodéfense : il frappe les femmes avant qu'elles ne le frappent. Venons-en au plaisir. Toute sa vie, il a été un observateur et non un participant. Les relations sexuelles qu'il a tenté d'avoir se sont soldées par des échecs ou, quand elles ont été jusqu'à un certain point une réussite, c'était parce qu'elles étaient stimulées par des fantasmes de violence. Pour autant qu'on puisse le dire, chaque fois qu'il fait l'amour, il identifie son pénis à une arme à feu et, lorsqu'il éjacule, son sperme est l'équivalent d'une salve de balles qui pénètrent le corps d'une femme. Néanmoins, c'est un homme profondément insatisfait et le meurtre est son seul moyen de compensation. Quelque chose germe et se développe en lui jusqu'au moment où il faut qu'il le libère, mais l'assassinat ne résout aucun de ses problèmes — aussi, recommence-t-il à tuer.

Marritt attendit d'être sûr que le psychiatre en avait terminé avant de reprendre le fil de ses questions.

— Combien de temps à l'avance prépare-t-il ses crimes ?

— Cela peut lui prendre des semaines ou quelques heures. Il est même possible qu'il se fasse inviter chaque mois par une dizaine de femmes et ne se décide à tuer qu'au dernier moment. En tout état de cause, la chasse à la victime lui donne un sentiment de supériorité, de force et de puissance. C'est l'équivalent des préliminaires à l'acte sexuel et le meurtre est l'orgasme.

— Tuer lui procure-t-il du plaisir ?

— Je pense que oui.

— Et chaque fois, c'est sa mère qu'il tue ?

— Probablement. Encore qu'au moment du meurtre, ce soit la femme, au sens générique du terme, qu'il voit.

— Qu'entendez-vous par là ?

— Ses victimes sont interchangeables. Le but étant le meurtre, une femme en vaut une autre.

C'est d'ailleurs un phénomène très répandu. Beaucoup de violeurs qui passent aux aveux sont même incapables d'identifier leurs victimes.

— Existe-t-il une forme de publicité médiatique qui serait susceptible d'exercer une influence sur lui ?

— Moins vous ferez de publicité, mieux ça vaudra. Je doute fort qu'un message positif puisse toucher cet individu. Toute tentative de manipulation conduira à l'escalade. Si, par exemple, vous lui adressez par le truchement des médias un message du genre : « Nous savons que vous êtes malheureux et nous voulons vous aider », sa réaction la plus probable sera de répondre « Allez vous faire foutre » et de commettre un nouveau meurtre.

Marritt se laissa aller contre le dossier de son fauteuil et dévisagea le psychiatre. Des « très vraisemblablement », des « peut-être », des « il est possible que », sans rien de concret pour lui servir de base.

— J'ai encore une chose à ajouter, dit le psychiatre.

— Je vous écoute.

— En règle générale, la plupart des auteurs de meurtres en série revendiquent leurs actes. Ils écrivent une lettre, imaginent une sorte d'image de marque, n'importe quoi pour fanfaronner. Je sais que vous avez utilisé des ordinateurs, fait appel aux techniques classiques... tout ce dont vous disposez. Et tout cela en vain. Mais, à mon sens, le tueur adresse d'une manière ou d'une autre un message très explicite à quelqu'un chaque fois qu'il commet un assassinat.

*

LCASRQLRNCP.

Hannah, assise sur le divan de la salle de séjour, contemplait la carte.

Cinq meurtres. Et la cinquième rose décapitée était arrivée au courrier. Tout cela n'était que le produit de son imagination — c'était ce que Fergy lui avait dit, et, pour les choses de ce genre, il avait généralement raison. Pourtant, cette tige flétrie, ces feuilles desséchées n'étaient pas imaginaires. Les épines étaient bien réelles. La boîte et le papier d'emballage étaient là, devant elle.

LETTRE OUVERTE AU DR APOCALYPSE, clamait le gros titre à la une du journal étalé par terre. Mais la police ne s'intéressait pas aux roses. Hannah avait déjà essayé de s'assurer son concours, mais en vain. Se penchant en avant, elle ramassa la boîte, la rose sans tête et l'emballage. Elle allait mettre tout ça aux ordures. C'était probablement ce qu'elle avait de mieux à faire.

Tandis qu'elle se dirigeait vers l'incinérateur dans le couloir, elle s'imagina que Kyle y était embusqué. Il n'y était évidemment pas. Sur ce point, c'était bien son imagination qui lui jouait des tours et le seul fait de se dire qu'elle fabulait lui apportait un certain réconfort. Mais quand elle eut regagné l'appartement, elle baissa les yeux : la carte était toujours par terre dans le séjour.

LCASRQLRNCP.

Fallait-il qu'elle la jette ? Probablement. Mais peut-être que le fait de l'avoir oubliée quand elle était sortie pour flanquer tout le reste dans le vide-ordures était un présage. Garde-la, se dit Hannah. Mets-la dans le tiroir avec la deuxième carte, celle du mois de juin. Il était vraiment dommage qu'elle n'ait pas aussi conservé les autres. Si elle l'avait fait elle en aurait peut-être bientôt suffisamment pour servir de cartons de place pour un dîner. D'une douzaine d'invités, peut-être davantage.

18

NEW YORK EN ÉTAT DE SIÈGE.

LA TERREUR SE RÉPAND.

LE DR APOCALYPSE BAT LA POLICE PAR 5 À 0.

Toute la semaine, les titres accrocheurs se succédèrent. Hannah s'efforçait de les ignorer mais c'était impossible. Même le *New York Times* évoquait les assassinats en première page.

Elle donnait ses leçons de danse. Elle allait au musée. Elle poursuivait de son mieux la routine de la vie quotidienne et se concentrait sur des petits riens : par exemple, ce qu'éprouvait son facteur à la pensée que la moitié du courrier qu'il distribuait était constitué de pubs et de prospectus sans intérêt qu'on jetait sans se donner la peine d'ouvrir l'enveloppe. Et elle pensait à Kyle. Il était maintenant entré dans son existence et elle ne savait pas comment l'en déloger.

Fergy lui téléphona le mardi soir pour lui raconter le dîner qu'il venait de faire avec plusieurs membres du cabinet du président du quartier de Manhattan.

— Techniquement parlant, nous étions venus pour examiner le projet d'aménagement de la 42e Rue. Mais la véritable raison de cette réunion était que certains de ces notables tenaient à ce que les contribuables leur payent du homard.

— Où avez-vous dîné ?

— Au Water Club. C'était très bon et très cher. J'aurai au moins récupéré quelque chose des impôts que j'ai payés.

— Peut-être que la prochaine fois, vous irez au Lutèce pour discuter du problème de l'inscription des Noirs sur les listes électorales.

— Ça m'étonnerait. Selon l'éminent fonctionnaire du rang le plus élevé présent ce soir, la cuisine française est trop sophistiquée. Une fois, on a servi des escargots au dîner. Il n'a pas apprécié.

Avant de raccrocher, ils décidèrent de prendre le petit déjeuner tardif du dimanche ensemble.

— J'ai un ticket terrible pour samedi soir. Si ça se passe bien, je te raconterai.

Une nouvelle carte de Kyle arriva le samedi :

Dans mon cœur,
Il y a un amour sans limites pour toi.

Hannah ne savait pas si elle devait ou non céder à la terreur. Son disk jockey préféré, Dick Clark ! Peut-être fallait-il envoyer à son tour une carte à Kyle avec les paroles de la chanson de Bob Dylan : *It Ain't Me, Babe* (c'est pas moi, mon chou).

Fergy et elle se retrouvèrent le dimanche à midi dans un restaurant du quartier. Ils avaient commencé quand une séduisante jeune femme d'une vingtaine d'année s'approcha de leur table pour dire bonjour à Fergy qui la présenta à Hannah comme « la seule et unique Peggy Norris ».

— Qui est-ce ? s'enquit Hannah quand elle fut partie.

— Une bénévole qui travaille au bureau. Tout ce qu'il y a d'intelligente, mais dans le genre intrigant.

— Elle m'a eu l'air sympathique.

— Parce qu'elle était en veine de courtoisie. Il y a une huitaine de jours, elle discutait ballet et je lui ai parlé de toi.

— Qu'est-ce que tu lui as dit ?

— Que tu étais ma meilleure amie, que tu étais une danseuse fantastique et que je suis amoureux de toi. Et puis, j'ai émis l'opinion que tout ce que toi ou Barychnikov êtes capables de faire à la musique, Julius Erving peut aussi le faire sur un terrain de basket.

— Tu es impossible ! Tu le sais bien, d'ailleurs.

— Personne n'est parfait.

Après déjeuner, ils allèrent faire un tour au Riverside Park. Le ciel était gris, la température avoisinait les 15°. Tout d'abord, ils parlèrent de Woody Allen et de Mia Farrow. Puis la conversation prit un tour plus sérieux.

— Quand j'avais dix ans, dit Fergy, John Kennedy a été élu Président des Etats-Unis. J'ai pensé que ce serait vachement chouette si je prenais sa place et lui la mienne. Mais, trois ans plus tard, il s'est fait assassiner. Après, je n'ai jamais voulu être quelqu'un d'autre. Et puis, vers vingt ans, il m'a semblé qu'il y aurait peut-être des avantages à permuter avec John Lennon, sous réserve que Yoko Ono ne fasse pas partie du marché. Quand John Lennon s'est fait revolveriser, j'ai alors décidé une fois pour toutes que le mieux était d'être moi-même et de le rester.

— Ce n'est pas si moche que ça, non ?

— Pas vraiment. Et toi, Banana ? T'est-il aussi arrivé de vouloir être quelqu'un d'autre ?

— Sans arrêt quand j'étais petite. Mes grands-parents me rejetaient. Je n'étais heureuse que quand je dansais. Je crois que les meilleures années de ma vie ont été celles qui ont suivi mon arrivée à New York — avant que mon dos me lâche. Mon mariage a été quelque chose d'épouvantable. Après le divorce, j'ai été soulagée, mais je ne peux pas dire que j'étais réellement heureuse. Aujourd'hui, il n'y a personne à la place de qui j'aimerais être. Au fond, je ne sais pas exactement ce que je veux. (Ils arrivèrent à l'extrémité du parc et revinrent sur leurs pas.) Mon enfance et mon mariage ont probablement été les deux pires périodes de mon existence, enchaîna Hannah. Il y a des gens qui vous font certaines choses et, après, on ne peut plus jamais avoir confiance en eux. C'est ce qui est arrivé, d'abord avec mes grands-parents, ensuite avec mon mari. Encore que l'on puisse dire que la mort de mes parents a été la première trahison, même si ce n'était pas leur faute.

— Tu te souviens d'eux ?

— Pas de mon père. Ma mère, je me la rappelle un peu, mais pas beaucoup. A partir d'un certain moment, j'ai essayé de me forger une compensation à leur absence en me disant que c'était quelqu'un d'autre que moi qui avait subi cette perte. Mais en mon for intérieur, je n'ai jamais pu m'en convaincre.

— Tu es toujours formidable. Et tu le sais, pas vrai ?

Hannah sourit.

— Il y a des gens qui me disent ça de temps en temps. C'est simplement que... Oh ! ça alors ! Là-bas... regarde !

— Quoi donc ?

— Près du jardin, au bout de l'allée. Tu ne l'as encore jamais vu, non ?

— Vu qui ?

— Le type au pantalon marron. C'est Kyle.

Fergy s'arrêta net et considéra la silhouette solitaire plantée devant un banc. Immobile, Kyle contemplait l'Hudson avec une indifférence étudiée, mais sans vraiment voir ce qu'il regardait.

— Il nous suit, fit Hannah en baissant la voix pour que seul Fergy pût l'entendre.

— Tu en es sûre ?

— Evidemment que j'en suis sûre ! Et je vais te le prouver. Si on continue de marcher, il nous emboîtera le pas. Si on s'arrête, il s'arrêtera.

Ils se remirent lentement en marche sans se retourner.

— C'est dingue, dit Fergy. Tu es certaine qu'il nous suit ?

— Attendons encore une minute et on regardera. (Il y avait plus loin une solution de continuité dans la balustrade de fer qui longeait la promenade. Quand ils l'atteignirent, ils firent halte.) Bon, dit Hannah. Jette un coup d'œil, maintenant.

Fergy se retourna. Kyle avait avancé dans la même direction qu'eux, couvrant à peu près la même distance et conservant le même intervalle. A nouveau, il regardait le fleuve.

— Partons d'ici, Fergy.

— Pourquoi ? Parce qu'un cinglé nous suit ?

— Parce que j'ai peur.

— Tant pis. C'est ridicule.

Prenant Hannah par le bras, Fergy l'entraîna vers l'endroit où Kyle restait planté.

— Fergy, qu'est-ce que tu fais ?

— Tu vas le voir.

— Je t'en supplie ! Fais attention !

— Je ferai très attention.

— Qu'est-ce que tu fais ? répéta Hannah.

Fergy ne répondit pas. Il continua de l'entraîner. La distance qui les séparait de Kyle, toujours plongé dans la contemplation de l'Hudson, diminuait… vingt mètres… dix… cinq. Kyle conservait la même immobilité. Enfin, quand ils furent si près de lui qu'il ne lui était plus possible de faire comme s'il ne les voyait pas, il se retourna avec une feinte surprise.

— Tiens ! Salut.

Hannah ne dit rien.

Fergy avança encore d'un pas.

— Excusez-moi. Vous êtes bien Kyle ?

— Oui.

— Bon. Je ne sais pas quel est votre problème, Kyle, et, pour être franc, je m'en moque. Tout ce que je sais, c'est que vous importunez sérieusement Hannah en la harcelant comme vous le faites. Je ne veux plus que vous lui envoyiez de fleurs. Je ne veux plus que vous lui téléphoniez. Ni que vous écriviez des livres qui parlent d'elle. Je ne veux plus que vous lui expédiez de cartes ni que vous la poursuiviez. Fichez la paix à Hannah.

— Je ne sais pas ce que vous voulez dire.

— Vous m'avez entendu. Laissez Hannah tranquille.

— Je ne sais pas ce que vous voulez dire, répéta Kyle.

— Je vous dis de lui fiche la paix.

Pendant une seconde qui dura une éternité, les deux hommes se mesurèrent du regard. Puis Kyle pivota sur lui-même et battit précipitamment en retraite. Il fit deux pas... trois... et un horrible sanglot étranglé qui s'acheva en une plainte déchirante parvint aux oreilles d'Hannah. Puis, sa lamentation se mua en un cri et Kyle prit le pas de course.

— Oh ! mon Dieu ! murmura la jeune femme. (Fergy regardait avec ahurissement l'homme qui s'enfuyait à toutes jambes.) Mon Dieu ! On ne peut pas savoir ce qu'il va faire, maintenant.

Fergy se creusa la tête pour trouver quelque chose à répondre, n'importe quoi.

— Le cœur a ses raisons que la raison ne connaît pas.

— C'est très poétique, répliqua Hannah. Mais... (Un grondement de tonnerre l'interrompit.) Merde ! Il va pleuvoir.

*

Richard Marritt partageait son attention entre les coupures de presse empilées sur son bureau et les gouttes de pluie qui faisaient des flaques sur le rebord de la fenêtre. Selon le *New York Times*, beaucoup de criminels avaient un taux trop élevé de plomb et de cadmium dans le sang et pas assez de cobalt. D'autres anomalies touchant les proportions du sodium, du potassium et du cuivre permettaient d'émettre l'hypothèse d'une « prédisposition congénitale à la violence ».

— Moi, je veux bien, grommela l'inspecteur.

Un autre article traitant de la délinquance à dominante sexuelle étudiait le cas des satyres : « La plupart des exhibitionnistes, y lisait-on, n'ont pas l'intention d'avoir des rapports sexuels avec leurs proies. Ils se livrent à ces attentats à la pudeur pour prouver qu'ils n'ont nul besoin des femmes. »

La porte s'ouvrit et Dema entra.

— Où en sont les choses ?

— La vie est une vérole. (Marritt sortit de sa poche revolver un mouchoir qui paraissait ne pas avoir été lavé depuis huit bons mois.) Et si tu veux savoir la vérité, si cette affaire est la dernière dont j'aurai à m'occuper, je m'en fous. La prochaine fois qu'il y en aura une du même genre, j'espère que je serai sur Jupiter.

— C'est si moche que ça ?

Marritt acquiesça :

— C'est dans des moments pareils que j'ai l'impression que tout le monde est givré. Actuellement, nous recevons tous les jours une douzaine de lettres de types qui prétendent être le Dr Apocalypse. Un de ces cinglés se dit dentiste et se vante d'avoir étranglé douze personnes avec du fil interdentaire. Un autre génie nous a envoyé une carte postale avec deux mots soulignés en rouge : « culpabilité » et « chiottes ». On reçoit des poèmes, des photos de nus, des préservatifs pleins de sperme. Si j'en ai marre d'être flic, je pourrai toujours me reconvertir dans la psychiatrie. Cette enquête est en train de faire de moi un expert ès-barjots.

Dema s'assit dans un fauteuil face au bureau. Marritt se moucha bruyamment et remit son mouchoir dans sa poche.

— D'ailleurs, cette affaire est en train de me démolir, poursuivit-il. Hier, je me suis dit qu'on devrait peut-être publier les empreintes digitales du Dr Apocalypse dans les journaux et demander aux chefs d'entreprise de prendre celles de tous les membres de leur personnel pour comparer — mais l'Association pour les libertés civiques en ferait une maladie. Et puis, j'ai pensé que je pourrais aussi l'adjurer publiquement de se constituer prisonnier ; mais je ne suis pas du genre à me mettre à plat ventre, et d'ailleurs, d'après le psychiatre de la police, ça ne servirait à rien. Cela dit, David et Jonathan me prennent pour un héros parce la presse n'arrête pas de citer mon nom, mais ils ne vont pas tarder à se demander pourquoi je n'arrive pas à épingler ce dingue. (Un silence. Dema attendit la suite.) Et malheureusement, beaucoup de gens, surtout des hommes politiques, se posent la même question. Tu as lu le *Post?* (Le jeune policier fit signe que oui.) Que le gouverneur y aille de son couplet, ça me dépasse. Dans le temps, les hommes politiques m'impressionnaient. Il y a une vingtaine d'années, je les trouvais vraiment marioles. Et puis, j'ai été affecté pour une journée à la protection rapprochée de Nelson Rockefeller qui faisait une tournée électorale dans le Bronx. A peu près tout ce qu'il racontait était du bla-bla-bla et il devait avoir mal digéré ou je ne sais quoi : il n'arrêtait pas de péter. Depuis ce jour, ni Rockefeller ni personne d'autre ne m'en impose plus.

Le téléphone sonna et Marritt décrocha.

— D'accord, l'entendit maugréer Dema. Je serai à la maison au plus tard à six heures. C'était ma femme, expliqua-t-il après avoir raccroché. Sa tante vient dîner. Je ne peux pas me permettre d'arriver en retard.

— Au moins, ça va t'obliger à quitter ton bureau.

— Oui, mais à quel prix ! Avoir la tante Ellen à dîner ou avoir la grippe pendant une semaine, c'est du pareil au même. L'année dernière, elle avait visité la Chine et, toutes les fois qu'elle allait au restaurant, elle prenait le garçon à part avant le repas et lui demandait de dire au chef de mettre du glutamate de sodium au lieu de sel dans les plats. (Brusquement, Marritt se leva.) Eh merde ! Cette affaire me rend maboule. Cette nuit, j'ai essayé de me persuader que je lui donnais une importance démesurée. Il y a tous les jours des gens qui meurent dans des accidents de la route. Je mourrai un jour. Mes gosses aussi... mais ça, ça me tracasse. J'espère que je ne serai plus là pour le voir. (Il s'interrompit un instant avant de reprendre :) Bref, je suppose que ce qui me turlupine le plus, c'est que ce type, le Dr Apocalypse, n'a probablement rien fait de valable de toute son existence et que, maintenant, il s'est arrogé le pouvoir de décider de la vie ou de la mort d'innocents.

— Le pouvoir de Dieu, murmura Dema.

— Ce serait plutôt le pouvoir de Satan.

*

Il était dix heures du soir. Fergy venait juste de partir. Hannah était dans sa chambre, passant en revue les événements de la journée. La journée. La semaine. Sa vie. Fergy, quand il l'avait raccompagnée parce qu'il s'était mis à pleuvoir, lui avait demandé si elle pouvait lui montrer ses photos d'enfance. Par curiosité, c'était tout. Et elle avait dû lui avouer qu'elle n'en avait pas parce que ses grands-parents voyaient en elle une indésirable. Peut-être sommes-nous des victimes, se dit-elle une fois seule. Peut-être que c'est la signification de la vie. Mais il y avait des degrés dans la torture et dans la souffrance et, quoi qu'il advienne, personne ne devrait devenir ce qu'était devenu Kyle.

Kyle ! Encore lui qui faisait intrusion dans ses pensées.

Les journaux ne parlaient que du Dr Apocalypse. Le *New York Times,* citant une autorité en la matière, écrivait : « Un psychopathe pris d'un accès de folie furieuse est une merveilleuse machine à tuer. » L'article rappelait aussi qu'à la fin du XIXe siècle, dans les bas-fonds de Londres, Jack l'Eventreur avait massacré sept prostituées. Et il concluait par le commentaire du préfet de police à propos des victimes : « Sale façon de mourir. »

C'est vrai de toutes les façons de mourir, songea Hannah. Mais chacun devrait au moins avoir une chance de vivre.

Le téléphone sonna. C'était probablement Fergy qui appelait pour lui souhaiter bonne nuit. Si tout le monde était aussi chic que Fergy, la vie serait plus agréable.

— Allô ?

— Hannah ? C'est Kyle.

Non ! Il n'allait pas recommencer !

— Je raccroche, Kyle...

— Ecoute-moi, Hannah. Ecoute-moi bien parce que tu n'entendras plus jamais parler de moi.

— Merveil...

Mais Kyle reprit la parole avant qu'elle eût fini :

— J'ai avalé des pilules. Beaucoup. Assez pour finir. A cause de toi.

— Kyle, s'il te plaît, pas de mélo.

— Et chaque fois que tu baiseras avec quelqu'un, jusqu'à la fin de tes jours, tu penseras à mon cadavre. Ce sera ma malédiction.

— Tu as l'esprit dérangé, Kyle.

— Oui, je suis dérangé parce que tout en moi est mort. Je suis dérangé parce que j'ai toujours été malheureux et seul, que j'ai pensé toute ma vie que je pouvais mourir et que ça n'aurait pas eu d'importance, sauf pour les choses que je voulais te dire et faire avec toi. (Il commençait à bredouiller et les mots devenaient plus difficiles à comprendre.) Tout ce que je voulais, c'était être avec toi. Je ne demandais rien de plus. Adieu, Hannah. Je t'aime.

Et il raccrocha.

Que faire ? se demanda Hannah. C'était du bluff, elle en était convaincue. Pourtant, ce qu'il avait dit sonnait vrai. Et il avait coupé la communication le premier. Cela ne lui était encore jamais arrivé. Les autres fois, il continuait de parler, comme si maintenir le contact avait pour lui une importance vitale.

Elle ne le rappellerait pas. Ce serait faire son jeu. Cela permettrait à Kyle de la manipuler encore davantage. Et puis, à supposer qu'il les ait vraiment prises, ces pilules ? S'il mourait ? Eh bien, bon débarras ! Il ne l'importunerait plus. Voilà tout. Mais Hannah commençait à se sentir mauvaise conscience. S'il avait réellement essayé de se supprimer, il n'y avait qu'une chose à faire : appeler la police. Et s'il ne l'avait pas fait, il méritait d'avoir tous les ennuis de la terre. C'est ainsi que, vers minuit, Hannah composa le 911 pour signaler une tentative de suicide, l'intéressé étant un certain Kyle Howard.

*

Des hululements de sirènes... Une ambulance... Des gyrophares rouges... Deux infirmiers portant une civière... Des murs blancs... Du linoléum par terre.

Un jeune interne enfonça un tuyau de plastique dans le nez de Kyle. Le tuyau pénétra dans son larynx et dans sa gorge, descendit le long de l'œsophage jusqu'à l'estomac. L'interne y injecta de l'eau salée qu'il entreprit ensuite de pomper à l'aide d'une seringue sous la supervision du médecin de garde.

— Tension artérielle : 14-8, annonça une voix. Rythme respiratoire à 30 par minute. Pouls : 110.

Par moments, Kyle refaisait surface, puis il replongeait dans l'inconscience.

— Réactivité normale. La tension est à 13, le pouls à 95.

L'interne continuait le lavage d'estomac.

— Rythme respiratoire à vingt par minute.

— Prépare une intraveineuse pour son bras.

— Tension artérielle : 12-5. Pouls : 90.

Au bout de dix minutes, c'était fini.

— Et voilà, dit le médecin. On va le tirer d'affaire.

19

Lundi matin. La pluie de la veille avait cessé de tomber.

Richard Marritt regardait fixement les fines lignes colorées qui sillonnaient le plan de Manhattan ornant le mur de son bureau. Bleues pour Ethel Purcell. Vertes pour Linda Taylor. Bistres pour Alison Schoenfeld. Jaunes pour Elizabeth Wald. Un tracé orange témoignait des dernières heures de Susan Marino. Cinq femmes mortes. Combien y en aurait-il encore ?

J'ai peut-être tort d'avoir trop le nez sur cette enquête, se dit l'inspecteur. Faute de recul, l'image d'ensemble m'échappe. A moins, au contraire, que je ne la suive de trop loin. Il y a une centaine d'hommes qui travaillent sur le terrain. Au lieu de rester derrière mon bureau, je devrais peut-être être avec eux.

Un jeune policier affecté à l'enquête — un de ceux, et ils étaient nombreux, dont Marritt ne connaissait pas le nom — entra et tendit à l'inspecteur une liasse de feuillets d'imprimante ayant pour titre CORRESPONDANCES — DR APOCALYPSE. Tous les noms fournis à l'ordinateur depuis qu'il était en service étaient classés par catégories : personnes s'étant rendues coupables d'attentats à la pudeur, anciens pensionnaires d'asiles psychiatriques, etc. Tous les noms apparaissant dans plus d'une catégorie étaient immédiatement sortis pour être communiqués à Marritt.

Comme celui-ci parcourait la liste qui venait de lui être remise, une rubrique au bas de la dernière page attira son attention :

Kyle Howard
Code 9-27/7
Code 4-21/7-P3

« Code 9 » voulait dire tentative de suicide le 27/7 — le 27 juillet : la veille. Et « Code 4 » que quelqu'un avait indiqué son nom aux enquêteurs le 21 juillet. Le renseignement avait été affecté du coefficient de priorité n° 3 par le policier qui avait pris l'appel.

Si la plupart des sujets désignés par l'ordinateur par recoupement étaient d'anciens malades mentaux ou des suspects ayant eu des antécédents criminels, il en allait différemment de Kyle Howard. Piqué par la curiosité, Marritt alla ouvrir le classeur au fond du bureau et feuilleta les dossiers jusqu'à ce qu'il eût trouvé le rapport qu'il voulait :

21 juillet — Inspecteur Louis Vairo

Nom du suspect : Howard, Kyle
Domicile : 212 88e Rue Ouest
New York, NY 10024
Téléphone : 875-0174

Signalé par : Wade, Hannah
Domicile : 341 70e Rue Ouest
New York, NY 10023
Téléphone : 877-3124

L'intéressée a téléphoné pour signaler qu'après chacun des meurtres à l'origine de l'enquête, elle a reçu un envoi anonyme de fleurs mortes expédié par voie postale. Selon elle, l'expéditeur serait un dénommé Kyle Howard (race blanche, âgé de 35 ans), lequel serait depuis des années obsédé par elle. Toutefois, la correspondante susnommée reconnaît que M. Howard n'a pas proféré de menaces ni exercé de violences à son égard, et qu'il n'a enfreint aucune loi à sa connaissance. Par ailleurs, en réponse à mes questions, elle a admis que les dates auxquelles elle a reçu les fleurs peuvent ne pas coïncider exactement avec celles des meurtres. Je considère qu'il n'y a pas lieu d'exploiter cette information de toute urgence et que des investigations plus approfondies peuvent attendre que l'on ait le temps de s'en occuper.

En dehors des fleurs mortes, il n'y avait rien à tirer de ce renseignement. Et ces fleurs elles-mêmes restaient hypothétiques. Quand même, cela valait la peine de voir ça d'un peu plus près. L'inspecteur revint à son bureau, décrocha le téléphone et demanda Jim Dema au rez-de-chaussée.

— J'aimerais que tu te renseignes sur un certain Kyle Howard, dit-il à son jeune collègue quand celui-ci fut en ligne. Il a fait, hier, une tentative de suicide... C'est ça. Trouve l'hôpital où il a été transporté et assure-toi qu'il y est toujours. Dans l'affirmative, j'irai lui rendre une petite visite... Pas vraiment, mais je pense qu'il est temps de lever mon cul de mon fauteuil. Et prends rendez-vous pour moi avec une dénommée Hannah Wade, demeurant 341 70e Rue Ouest... Pour le début de l'après-midi — tout de suite après le déjeuner, si possible.

*

La chambre était vaste et claire. Il y avait quatre lits, mais deux seulement étaient occupés et l'autre patient somnolait la plupart du temps. Les hôpitaux étant ce qu'ils sont, je n'ai pas à me plaindre, se disait Kyle. N'empêche qu'il aurait préféré être ailleurs. Il aurait voulu que toute cette histoire soit terminée.

Et maintenant, il ne savait plus trop.

Pourquoi ne pourrions-nous pas être simplement amis, Hannah et moi ? Elle avait d'autres amis hommes. Pourquoi est-ce qu'elle...

— Excusez-moi, monsieur Howard...

Kyle leva les yeux. Une des infirmières était devant son lit en compagnie d'un inconnu.

— Je m'appelle Richard Marritt, monsieur Howard, se présenta celui-ci. J'appartiens à la police de la ville de New York et j'aurais quelques questions à vous poser.

Kyle laissa retomber sa tête en arrière et ferma les yeux. C'était là une des humiliations consécutives à un suicide raté. Tout le monde était au courant et il était obligé de répondre aux questions qu'ils lui posaient tous : les internes, les psychiatres et, maintenant, la police.

— J'ai parlé au Dr Nimic, disait le flic. Il m'a expliqué les choses dans les grandes lignes, mais il y a encore quelques détails dont j'aimerais discuter avec vous.

L'infirmière sortit. Marritt approcha du lit une chaise métallique garnie d'un coussin en vinyle.

— Monsieur Howard, les médecins m'ont dit que vous avez pris une surdose de médicaments. Est-ce exact ?

— Oui.

— Qu'est-ce que vous avez avalé ?

— Tout ce qu'il y avait dans l'armoire à pharmacie.

— C'est-à-dire ?

— De l'aspirine, du Comtrex, de la gentiane... rien de très excitant.

— Pourquoi l'avez-vous fait ?

— J'étais bouleversé.

— Savez-vous comment vous êtes arrivé ici ?

— Pas trop. J'étais envappé et j'ai tourné de l'œil. Je suppose que quelqu'un a appelé une ambulance.

— Savez-vous qui ?

— Je... j'imagine que ce quelqu'un s'appelle Hannah Wade.

— Et qui est Hannah Wade ?

Kyle garda le silence.

— Ces médicaments, vous les aviez pris pour dormir ?

— Non.

— Pour en finir avec la vie, alors ?

— Je suppose... Il y a des moments où j'en ai assez de souffrir et où je veux en finir. Je n'avais pas les idées claires. J'étais tourneboulé.

— Vous avez donc agi sur le coup d'une impulsion plus que de façon préméditée ?

— Je ne savais pas vraiment ce que je faisais. Je l'ai fait, c'est tout. (Kyle se mit à nouer et dénouer nerveusement ses doigts.) Je voudrais qu'on me fiche la paix et qu'on me laisse rentrer chez moi.

— Qu'est-ce qui vous attire exactement chez Miss Wade ?

— Je... Je n'ai pas envie de parler de ça.

— Comment savez-vous quel genre de personne est cette Miss Wade ?

— Je l'ai connue... je la connais depuis l'âge de seize ans.

— Et vous la connaissez bien ?

— En un sens, oui... Ecoutez, j'apprécie ce que tout le monde a fait pour moi à l'hôpital. Maintenant, je vais bien.

— Je comprends, monsieur Howard. J'essaie simplement de vous aider. Vous est-il arrivé d'envoyer des fleurs à Hanah Wade ?

— Non.

— Vous en êtes sûr ?

Une expression indignée se peignit sur les traits de Kyle.

— Je lui ai envoyé des cartes, je lui ai envoyé un livre que j'ai écrit. Je l'aimais. Mais je ne lui ai jamais envoyé de fleurs.

— Même pas de fleurs mortes ?

— Qui aurait l'idée d'envoyer des fleurs mortes à quelqu'un ?

Marritt médita sur cette réaction, puis répondit par une autre question :

— Savez-vous ce que je pense, monsieur Howard ? D'après ce que m'ont dit les médecins et les psychiatres, je pense que vous n'avez jamais réellement cru que Miss Wade répondrait à vos avances. Et que vous avez purement et simplement décidé de vous introduire dans sa vie pour la tourmenter.

— C'est ridicule !

— Croyez-vous ?

— Pourquoi ferais-je ça ?

— Je ne sais pas. Peut-être lui en voulez-vous de quelque chose qu'elle a fait — ou n'a pas fait — il y a des années. Peut-être est-ce votre manière d'appeler au secours. Je ne suis pas psychiatre. Mais quelque chose me dit qu'elle n'est pas disponible et que vous feriez mieux de poursuivre quelqu'un d'autre de vos assiduités.

— Est-ce que je peux rentrer chez moi, maintenant ?

— Si vous voulez. Mais si c'est possible, j'aimerais vous demander un service. Je vais voir Miss Wade cet après-midi. Je souhaiterais vivement être en mesure de lui affirmer qu'à partir de maintenant, vous lui ficherez la paix. (Le silence qui suivit parut durer des siècles.) Qu'en dites-vous, monsieur Howard ?

— C'est d'accord.

— Merci. Si ça peut vous apporter un brin de consolation, cette femme n'est peut-être pas aussi merveilleuse que vous vous le figurez. Vous ne savez pas à quoi elle ressemble à sept heures du matin. Et croyez-moi : à sept heures du matin, les femmes sont différentes. Je vous parle en connaissance de cause : je suis marié.

Pour la première fois depuis le début de la conversation, Kyle ébaucha un sourire.

— Si vous souhaitez parler avec quelqu'un, conclut le policier, il y a des gens qui sont prêts à vous aider dans cet hôpital. Mon instinct me dit que vous êtes un type pas mal. Prenez soin de vous.

*

Hannah attendait en regardant la télévision. Il était treize heures. Jamais elle ne regardait les feuilletons de l'après-midi et elle ne savait pas pourquoi elle avait allumé le poste. Sinon pour calmer sa nervosité. L'inspecteur Marritt allait arriver d'une minute à l'autre. C'était, du moins, ce que lui avait dit le policier qui lui avait téléphoné pour fixer le rendez-vous. Sur l'écran, un monsieur et une dame mariés complotaient l'assassinat de l'ex-mari de la femme. Je devrais éteindre la télé, songea-t-elle. De quoi aurai-je l'air si un flic entre et me voit en train de regarder ce feuilleton débile ?

L'interphone grésilla.

— Qui est-ce ? demanda Hannah dans le micro.

— L'inspecteur Richard Marritt.

Elle appuya sur le bouton commandant l'ouverture de la porte du hall et attendit d'entendre résonner le bruit de pas dans l'escalier. Le timbre de la porte d'entrée retentit. Elle alla ouvrir.

— Bonjour, Miss Wade. Richard Marritt.

Pendant un bref instant, ils restèrent tous deux immobiles, face à face. C'est drôle, songea Hannah. J'ai lu son nom dans les journaux. La presse parle de lui.

Elle a un charme qui agit instantanément, songeait de son côté l'inspecteur. Il lui était plus facile, maintenant, de comprendre l'idée fixe qui obsédait Kyle Howard.

Ils passèrent dans le séjour. Marritt attaqua dès qu'il se fut assis :

— Miss Wade, je viens de l'hôpital où j'ai vu Kyle Howard. Physiquement, il est en bonne forme. Sur le plan émotionnel, les médecins disent qu'il a passé un tournant. La plupart des tentatives de suicide entrent dans ce que l'on pourrait appeler la catégorie des signaux. Dans ce cas précis, il semblerait que M. Howard a essayé de créer un état de choses tel que vous lui prouveriez votre amour en le sauvant. Son plan a fonctionné dans la mesure où il a réussi à attirer votre attention sur lui, mais il a frôlé la mort et cela lui a fait peur. Je pense qu'il vous laissera maintenant en paix.

— Vous en êtes sûr ?

— On ne peut jamais être sûr de rien, mais l'hôpital envisage de lui faire suivre un traitement. Sinon, l'autre solution serait pour lui d'accepter sa dépression, de se renfermer sur lui-même et de mourir, et je doute qu'il fasse ce choix. Cette tentative de suicide était un S.O.S. qu'il lançait.

Hannah ne fit pas de commentaires. Elle était partagée entre le scepticisme et l'espoir. Maintenant qu'il avait accompli cet acte de contrition, peut-être que Kyle se retirerait de son existence.

— Autre chose, poursuivit Marritt. Quand vous

avez téléphoné à la police, vous avez fait allusion à des fleurs mortes. Pourriez-vous m'en parler ?

— Que voulez-vous savoir ?

— Tout ce dont vous vous souvenez à ce sujet.

— D'accord. Parfois, ça me semble un peu bête... comme si je donnais à tout des proportions démesurées. Mais j'ai reçu à cinq reprises un paquet par la poste. Chaque fois, ce sont la tige et les feuilles d'une rose décapitée, le tout enveloppé dans du papier d'emballage. Et chaque fois, l'envoi est accompagné d'une carte portant des lettres incompréhensibles.

— Des lettres ?

— Absolument. Attendez, je vais vous montrer.

Hannah se leva, passa dans sa chambre et revint quelques instants plus tard avec deux cartes.

— Voici. Celle qui a une pliure accompagnait la deuxième rose. J'ai fait ça par mégarde. L'autre est arrivée avec la cinquième.

— Et celles qui manquent ?

— Je les ai jetées.

— Et les roses ?

— Je les ai jetées aussi.

Tenant la carte numéro cinq par les bords, Marritt lut les lettres : LCASRQLRNCP.

— Avez-vous une idée de ce que ça signifie ?

— Pas la moindre.

— Et toutes ces cartes étaient identiques ?

— Oui. Et toutes sont arrivées par la poste : une après chacun des meurtres.

— Vous êtes catégorique ?

— Je crois bien.

— Miss Wade, « je crois bien » et être catégorique, ce n'est pas la même chose. Laissez-moi vous poser une autre question. Est-ce que la date du cachet postal de l'un de ces paquets était antérieure à l'annonce officielle du meurtre correspondant ?

— Je ne me rappelle pas.

Marritt prit une profonde inspiration :

— Bon. A franchement parler, je ne pense pas qu'il y ait de corrélation entre les fleurs et les meurtres. Mais pour l'instant, nous sommes en plein brouillard ; alors si ça peut vous rassurer, nous allons vérifier les empreintes sur les cartes que vous avez gardées.

— Je me fais l'impression d'une idiote.

— Ne vous inquiétez pas pour ça. La seule chose, c'est qu'il va falloir que vous m'accompagniez au commissariat pour qu'on puisse procéder à l'élimination. Je veux dire ceci : nous prendrons vos empreintes que nous enverrons à l'expertise avec les cartes. Quand le laboratoire aura éliminé les vôtres, celles qui resteront appartiendront forcément à la personne qui vous a envoyé ces roses.

— Et ensuite ?

— Si les empreintes de l'expéditeur correspondent à celles du Dr Apocalypse, vous serez une superstar des médias et le témoin le mieux protégé par la police qu'il y ait jamais eu à New York. Dans le cas contraire, on ne pourra rien pour vous.

Au commissariat, Marritt fit entrer Hannah dans son bureau, lui indiqua un siège et ressortit, la laissant en tête à tête avec ses pensées. La jeune femme était interloquée. La lecture des journaux lui avait donné l'image d'une machine policière sophistiquée lancée aux trousses du Dr Apocalypse. Et elle se retrouvait dans une pièce défraîchie au premier étage d'un banal immeuble de briques de Columbus Avenue. Si c'était là le fin du fin de la technologie policière...

Le retour de Marritt interrompit les médiations d'Hannah. Il sortit d'un petite mallette métallique un tampon encreur et un rectangle de carton de 20 × 8 sur lequel étaient imprimées deux rangées de cinq cases chacune.

— Ça ne prendra qu'une minute, dit-il.

Il saisit la main droite d'Hannah, appuya son pouce sur le tampon encreur, puis le pressa sur la case en haut à gauche, marquée P. D. Il répéta la même opération avec les autres doigts. Puis ce fut au tour de la main gauche.

— Il y a des toilettes au rez-de-chaussée, fit-il quand il eut terminé. Ça s'en va à l'eau et au savon.

— Avez-vous encore besoin de moi ?

— Pas pour le moment. Mais faites-moi confiance : je vous contacterai si les résultats sont positifs.

Hannah s'en alla. Marritt appela un planton et lui ordonna d'aller porter les cartes et les empreintes de la jeune femme au laboratoire de la police, après quoi il avertit par téléphone Danny Keegan, le technicien qui était sur l'affaire depuis le troisième meurtre du Dr Apocalypse. Keegan était le meilleur spécialiste de l'anthropométrie de la police de New York, où il avait fait ses débuts vingt ans auparavant en même temps que Marritt. C'était un homme lourdement charpenté et atteint de calvitie.

— Ne te fais pas de souci, dit-il à l'inspecteur, je vais m'occuper de tes empreintes.

— Je me fais du souci pour des foules de choses, rétorqua Marritt. Quand est-ce que je peux compter avoir les résultats ?

— La carte numéro cinq, celle qui est arrivée après le dernier meurtre, ne posera pas de problèmes. Susan Marino a été assassinée la semaine dernière : aussi, les vapeurs d'iode nous révéleront les empreintes en moins d'une heure. Pour la numéro deux, ce sera un peu plus compliqué. Elle date de juin, tu dis, soit cinq ou six semaines. Les acides aminés se sont desséchés et ont pénétré dans les fibres du papier.

— Ce qui veut dire ?

— Pour la carte numéro deux, il me faudra quarante-huit heures. A ma connaissance, le procédé à la ninhydrine est le seul possible dans ce cas.

Après cette conversation, Marritt convoqua Dema pour se faire mettre au courant des derniers développements de l'enquête. Il n'y avait rien de nouveau à signaler. Ensuite, l'inspecteur résuma au jeune policier ses visites à Kyle Howard et à Hannah Wade.

— Pourquoi n'as-tu pas pris les empreintes de Kyle Howard ? s'étonna Dema.

— J'y ai pensé, mais ce type n'a pas une gueule d'assassin. Et n'importe comment, je n'avais pas pris le nécessaire avec moi quand je suis allé le voir à l'hôpital.

Danny Keegan rappela à quatre heures.

— Richard ? L-C-A-S-R-Q-L-R-N-C-P. Qu'est-ce que ça signifie ?

— Si je le savais, je te le dirai, répondit Marritt d'une voix lasse. A mon avis, il ne s'agit de rien de plus que d'un mec qui en pince pour une nana et qui lui envoie des roses mortes.

— Eh bien, tu peux dire à la nana que celui qui lui a envoyé les roses a pris soin d'effacer ses empreintes sur la carte. Je n'ai trouvé que celles d'Hannah Wade sur la numéro cinq.

— Tu en es certain ?

— Affirmatif. Mercredi, tu auras les résultats pour ce qui est de la carte numéro deux.

Le reste de l'après-midi se passa sans incident. A cinq heures et demie, l'inspecteur dit à Dema :

— C'est l'heure de fermer la boutique. Je vais seller mon cheval et disparaître dans le soleil couchant.

Comme d'habitude, le métro était bondé. Pendant la première demi-heure du trajet, Marritt se plongea dans le journal. Puis il se mit à regarder les gens. Il y avait une femme en tailleur strict qui portait des chaussures de jogging. Elle devait probablement mettre des souliers plus en rapport avec sa tenue au bureau. Mais pourquoi les chaussures de femmes ne sont-elles pas plus confortables ? s'interrogea-t-il. Le métro ferraillait... Woodhaven Boulevard... Continental Avenue... A la station de la 169e Rue, le policier songea que le métro ne passait pas loin du Memorial Hospital. Savoir quels hôpitaux étaient les plus proches et lesquels étaient les mieux équipés en matière de soins d'urgence était une chose que sa double casquette de flic et de père de famille lui avait fait apprendre. Il était un peu plus de six heures et demie quand il arriva chez lui.

— David, tu vas te taire et m'écouter, était en train de dire sa femme.

— J' peux parler et écouter en même temps.

— Eh bien, tu n'écoutes pas assez parce que ta chambre est un véritable carpharnaüm.

Les voix venaient de la cuisine. Il y entra, embrassa sa femme et David.

— Où est Jonathan ?

— En train de mettre de l'ordre dans sa chambre, ce que devrait faire David.

— C'est pas mon boulot, objecta l'intéressé.

— Et quel est ton boulot ? s'enquit son père.

— Aller à l'école et aller camper.

— Eh bien, maintenant, tu en as un troisième : ranger ta chambre.

— Et si j' la range pas ?

— Dans ce cas, tu iras te coucher le ventre vide. Tu n'auras pas droit à la pizza.

— Comment tu sais qu'il y a de la pizza pour dîner ? demanda David après un silence.

Il y avait une touche de respect dans sa voix.

Marritt désigna du doigt la boîte de carton posée sur la table de la cuisine :

— Je suis détective. Je sais d'après sa forme qu'il y a une pizza dans cette boîte.

20

Le lendemain du jour où la police lui avait pris ses empreintes, Hannah passa la matinée à penser à Kyle. Non, elle ne croyait pas qu'il était le « Dr Apocalypse ». Mais essayer de le chasser de son esprit, ç'était comme si on lui avait ordonné : « Ne pensez pas à un éléphant rose. » Dans ces conditions, il est impossible d'évacuer l'éléphant rose de sa tête.

Dans l'après-midi, Marritt lui téléphona qu'il n'y avait pas d'autres empreintes que les siennes sur la carte numéro cinq. Elle alla donner ses cours de danse (elle en avait deux) et passa la soirée avec Fergy. Ils se voyaient beaucoup depuis quelque temps. Fergy était l'une des rares personnes avec qui elle se sentait à l'aise. La seule peut-être.

Ils dînèrent dans un restaurant mexicain de Columbus Avenue. Tout en grignotant des taco chips à la salsa picante, elle lui relata sa visite de la veille au commissariat.

— Celui qui m'a envoyé les roses n'a pas laissé d'empreintes digitales, conclut-elle.

Fergy commanda un second margarita — il avait sifflé le premier en deux temps trois mouvements — et Hannah poursuivit son récit, décrivant le bureau de Marritt et, particulièrement, le plan de Manhattan affiché sur le mur.

— Tu sais quoi, Banana ? Tu es sexy quand j'ai bu un verre.

— Je suis sexy tout le temps.

— Je sais. Sans doute qu'il faut juste que je boive un verre pour pouvoir te le dire.

Ils échangèrent un regard bizarre. Fergy faisait perpétuellement des commentaires de ce genre. Depuis des années. Mais il semblait aujourd'hui plus vulnérable que d'habitude.

— Tu es merveilleuse, enchaîna-t-il. C'est un joli mot, merveilleuse, un des plus beaux de la langue. (Instantanément, il fit machine arrière comme s'il craignait d'outrepasser la ligne de démarcation qui délimitait la frontière qu'Hannah traçait pour définir ses rapports avec autrui.) A propos, Banana, est-ce que je t'ai dit que je suis tombé sur Arthur Montgomery, la semaine dernière ?

— Qui est Arthur Montgomery ?

— Le pire des fumiers. Le directeur général de la boîte où je travaillais à l'époque, la Peterson Brownfield, était un certain Chester Ross. Il y a vingt ans — il était alors à l'apogée de sa carrière —, il avait pris Montgomery sous son aile. Il lui préparait son avenir et il le traitait comme son fils. Tous les vendredis après-midi, ils jouaient aux échecs dans le bureau de Ross. Tu vois le topo ? Chester Ross était l'homme le plus puissant de Wall Street mais une fois par semaine, il se réservait un après-midi pour jouer aux échecs avec Montgomery. Les années passèrent. Montgomery prit du galon. Et Ross de l'âge. La semaine où Montgomery fut nommé directeur général, il dit à Ross que, désormais, il était trop occupé pour jouer aux échecs.

— Un charmant garçon, à ce que je vois.

— Comme tu dis. Bref, je suis tombé sur lui dans Park Avenue. Il n'avait pas la moindre idée de ce qu'était ce type qu'il rencontrait, sauf que c'était un ancien petit employé de chez Peterson Brownfield. Rien que pour me marrer, j'ai menti et je lui ai dit que je travaillais maintenant pour la commission de contrôle de la Bourse. Si tu avais vu comme il s'est immédiatement montré gentil avec moi ! Le bras autour des épaules et tout ! Je ne peux pas te dire quelle satisfaction j'ai éprouvée à le voir s'aplatir et me faire de la lèche.

Le garçon arriva pour prendre leur commande. Ayant démarré sur Arthur Montgomery, Fergy entreprit de passer en revue tout l'état-major de la Peterson Brownfield & Co :

Lawrence Winstable — « Un abruti qui se donnait de grands airs. Quand sa femme et lui ont déménagé pour s'installer à Scarsdale, ils avaient besoin de journaux pour envelopper leurs objets fragiles. Au lieu d'en récupérer comme tout le monde, ils ont envoyé leur maître d'hôtel acheter deux douzaines d'exemplaires de l'édition dominicale du *Times*. »

David Parker — « Un des hommes les plus méprisables et les plus mal habillés que le monde ait jamais connu. Question cravates, il avait le goût de Stevie Wonder. Aux primaires démocrates de 1984, sa secrétaire avait voté pour Jesse Jackson : il l'a flanquée à la porte. »

Franklin Winter — « La quintessence de la haute bourgeoisie blanche et protestante. Du gratin, quoi. Il figure au Bottin mondain et fait partie du conseil d'administration des principaux musées de New York. En fait, il a un sens de l'humour assez développé, mais c'est un imbécile. Sans son humour, ce serait un zéro absolu. »

Les fours à micro-ondes étant ce qu'ils sont, ils ne tardèrent pas à être servis. Fergy déclina un troisième margarita (« Je n'ai jamais été capable de boire assez pour avoir la gueule de bois ») et on en revint à l'entrevue entre Hannah et Richard Marritt. Puis, inévitablement, la conversation bifurqua sur Kyle.

— Je crois que c'est fini, maintenant, dit Hannah. Enfin… je l'espère.

— Et les roses ?

— Il les envoyait probablement chaque fois qu'il lisait dans le journal qu'un meurtre avait été commis. Je ne sais pas. Peut-être qu'elles n'ont aucun rapport avec les assassinats.

Après le dîner, ils allèrent faire un tour. Trois nouvelles boutiques s'étaient ouvertes sur Columbus

— une spécialisée dans les truffes au champagne, une autre dans les soins de beauté et une troisième consacrée aux produits diététiques qui proposait notamment du lait maternel.

— C'est la pleine lune, ce soir, déclara à un moment donné Fergy en levant la tête.

— Non, c'est un lampadaire.

— Excuse-moi, j'ai bien peur d'avoir bu un margarita de trop.

Ils se baladèrent pendant une heure en bavardant et en observant les gens, ceux qui passaient et ceux qui les regardaient. Au milieu de leurs déambulations, Hannah prit le bras de Fergy. Elle était heureuse d'être avec lui. Pas seulement ce soir. Chaque fois. Elle ne se sentait jamais désemparée quand ils étaient ensemble. Presque sans s'en rendre compte, elle laissa retomber son bras de sorte que leurs mains se touchèrent. Que lui avait-il donc dit le soir où ils avaient dîné au Metropolis ? « Tu radiographies toujours tout le monde, Banana. » Quelque chose comme ça. Elle tourna et retourna cette phrase dans sa tête.

Vers dix heures et demie, Fergy la reconduisit chez elle.

— Laisse-moi te poser une question, lui dit-il devant la porte. Etait-il écrit que, cette nuit, on se tiendrait par la main ?

C'était une drôle de question. Mais effectivement, Hannah ne se rappelait pas qu'ils se soient encore jamais tenus par la main.

— Peut-être bien.

— Fantastique !

Alors, Hannah l'embrassa. Ils s'étaient déjà embrassés un nombre incalculable de fois avant de se quitter — des baisers qui comptaient pour du beurre, des bises entre copains. Cette fois, ce fut différent. Elle l'embrassa vraiment. Elle se serra contre lui, le prit par le cou et leurs bouches se touchèrent. Elles ne se quittèrent pas avant un bon moment.

— Banana, c'était merveilleux !

— C'est notre premier baiser, dit-elle.

*

C'était fini. Il avait tout essayé, il avait fait tout ce qu'il avait pu. Et maintenant, quoi qu'il puisse arriver, Hannah s'en était allée. Sans prêter attention à la bousculade de Columbus Avenue, Kyle avançait à pas comptés, tête basse. C'était fini — voilà tout. Et personne ne pouvait vraiment comprendre. Même ceux qui écrivaient des chansons d'amour : Irving Berlin, Cole Porter, Jerome Kern et les autres. Ils ne savaient pas de quoi ils parlaient. Ils feraient mieux de réécrire leurs couplets pour parler des migraines, des nausées, de tous les symptômes de l'amour.

Enfin, il était sorti de l'hôpital, c'était déjà ça. Les petites choses de la vie ont aussi leur importance. Qu'éprouviez-vous quand vous voyiez Hannah avec d'autres hommes ? C'était une des questions que lui avait posées le psychiatre de l'hôpital. Qu'est-ce que tu crois que j'ai éprouvé, connard? Voilà ce que j'aurais dû lui répondre.

— Une fois, j'ai vu une femme qui embrassait un type dans la rue. A bouche que veux-tu. J'ai cru que c'était Hannah. Il a fallu que je sois tout près pour me rendre compte que ce n'était pas elle.

— Et alors? avait insisté le psychiatre.

— J'étais content que ce ne soit pas elle. Ce n'est pas bien de s'embrasser en public.

— Qu'avez-vous ressenti au moment de son mariage?

— Ça a été affreux.

— Vous saviez qu'elle devait se marier?

— Oui.

— Avez-vous assisté à la cérémonie?

— Bien sûr que non. Je n'étais pas invité.

Il ne me connaît pas. Il ne connaît pas Hannah. Comment pourrait-il m'aider puisqu'il ne peut pas comprendre? D'ailleurs, il n'y a rien qu'il puisse faire. Hannah s'en est allée. Je n'ai qu'à faire comme si elle était morte. Une partie de mon âme m'a quitté à jamais.

Il commençait à se faire tard et Kyle n'avait pas pris de veste. Même en juillet, les soirées peuvent être fraîches.

Bon Dieu, ce que j'ai pu être heureux quand Hannah a divorcé! C'était comme si je renaissais. Peut-être que si je pouvais maintenant subir une sorte de transformation, acquérir une nouvelle dimension... Je voudrais être Fergy. Alors, au moins... Pense à autre chose. Hannah s'en est allée.

La température se rafraîchissait de plus en plus. Ça m'embête de rentrer seul. Si seulement j'étais avec quelqu'un, si j'avais quelqu'un à aller voir. Je me demande si Hannah me pardonnera jamais ce que j'ai fait. Elle devrait. Les gens heureux sont plus indulgents que les autres. Ma vie… comment est-ce que je la définirais ? Les germes qui ont été semés… c'est un bon départ, ça. Les germes qui ont été semés au début de ma vie ont commencé à pousser, mais ils n'ont pas donné de fleurs, c'étaient de mauvaises graines. Arrête ! Ce sont des pensées malsaines. Ce n'est pas la fin du monde, comme disait le psychiatre. Rien n'est la fin du monde, sauf la fin du monde. La vie continue.

*

Deux heures du matin. Debout devant le porche de son immeuble, Dora Chapman s'émerveillait que la soirée n'eût pas mal tourné, en définitive. La plupart des hommes qu'elle rencontrait dans les bars après minuit étaient, parlons franc, le genre d'hommes que l'on rencontre dans les bars après minuit. Mais Arnold, c'était autre chose : d'une intelligence supérieure à la moyenne et tellement gentil !

— Je sais, ça a l'air idiot, lui dit-elle quand il l'eut raccompagnée. Je vous inviterais bien à prendre un verre, mais ce n'est pas possible à cause du Dr Apocalypse.

— Je comprends. Nous pourrions peut-être nous revoir une autre fois ?

— Avec le plus grand plaisir. Attendez, je vais vous donner mon numéro. (Dora fouilla dans son sac.) Vous avez un stylo ?

— Malheureusement pas.

— Et je ne suis pas dans l'annuaire. Mais ça ne fait rien, j'ai de quoi écrire là-haut.

L'un suivant l'autre, ils montèrent l'escalier.

— Je suis navrée de me montrer si impolie, mais avec toutes ces histoires de femmes assassinées dont les journaux sont pleins, il vaut mieux être prudente.

— Je comprends, répéta Arnold.

A la porte de l'appartement, Dora envisagea de le faire attendre dans le couloir pendant qu'elle entrerait dans l'appartement pour noter son numéro. Mais à ce stade ç'aurait été un peu trop gênant.

— Puisque vous êtes là, je pourrais aussi bien vous offrir un café, dit-elle en ouvrant la porte.

Arnold entra sur ses talons.

— A vrai dire, je ne suis pas très amateur de café. Un verre d'eau fera tout à fait l'affaire.

— Et que diriez-vous d'une glace ?

— Ça, c'est une idée. Quel parfum ?

— Vanille. Et je crois qu'il doit me rester des gaufrettes au chocolat.

— A la réflexion, un verre d'eau me suffira. Avec un glaçon.

Dora prit un verre dans le placard, le remplit, ajouta un glaçon et le lui tendit. Cela fait, elle sortit la glace à la vanille du freezer et en posa deux boules sur une assiette, tout en se félicitant d'en avoir toujours en réserve. Tout se passait épatamment bien... jusqu'au moment où elle remarqua que le robinet de la cuisine coulait toujours. Et elle était certaine de l'avoir fermé après avoir rempli le verre d'Arnold. Elle le referma donc.

— Il est très drôle, votre corps, vous savez ? fit-il.

— Pardon ?

— Je n'avais pas l'intention d'en parler, mais il est en forme de poire.

Reste calme, s'enjoignit Dora.

Arnold allongea le bras et rouvrit le robinet.

— Vous n'y voyez pas d'objection, n'est-ce pas ?

— Non.

— Bien sûr que non. Je ne pensais pas que vous en verriez. Après tout, vous avez mobilisé toutes vos facultés intellectuelles pour parvenir à la conclusion que laisser couler un robinet ne constitue pas un problème d'une importance capitale. Ce n'est pas vrai ?

— Si, si, c'est vrai.

— Et vous avez décidé que, quoi que je fasse, vous diriez amen si je vous promets de ne pas vous faire de mal.

— Oui.

— Vous ai-je parlé de l'époque où j'ai perdu ma virginité ?

— Non.

— C'est bien ce que je pensais. Et je ne vous ai pas raconté non plus qu'un jour, en fouillant dans le secrétaire de ma mère, j'ai trouvé des photos d'elle et de son amant nus tous les deux, n'est-ce pas ?

— Non, vous ne m'avez pas parlé de ça.

— Vous êtes une femme morte, Dora.

— Ne me faites pas de mal, je vous en supplie !

— Vous n'écoutez pas, Dora. J'ai dit que vous êtes morte.

21

Le métro était bourré à craquer. Entre les stations Queens Plaza et Ely Avenue, la climatisation tomba en panne. Puis il y eut une chute de tension. Quand Marritt arriva au commissariat, sa chemise et son veston étaient trempés.

— Et c'est mercredi, dit-il à Dema. Mon jour de repos !

Les deux policiers passèrent en revue les dernières données fournies par l'ordinateur et les derniers rapports relatifs à l'enquête. Puis Marritt ouvrit son *Daily News*.

— Ecoute un peu ça. J'ai lu cet article dans le métro en venant : « Selon des sources dignes de foi, les hauts responsables doutent que l'informatique et les moyens d'investigation modernes aient été convenablement utilisés pour mettre fin aux exploits du Dr Apocalypse. Ce n'est peut-être pas la faute de l'inspecteur Marritt, nous a déclaré un enquêteur, mais des tas de questions se posent. »

Grinçant des dents, Richard Marritt lança le journal au loin.

— Je n'ai vraiment pas besoin de ce genre de conneries !

— Ça n'est pas tellement grave, fit Dema. Le papier dit que ce n'est pas ta faute.

— Que ce n'est peut-être pas ma faute, corrigea l'inspecteur. Je sais ce qu'ils racontent. Même un chien sait reconnaître si on lui marche dessus par mégarde ou si on lui flanque volontairement un coup de pied.

Plusieurs conversations téléphoniques et une conférence avec le chef de district occupèrent le reste de la matinée. A midi, Marritt déclina l'invitation à déjeuner du capitaine et demanda qu'on leur apporte des sandwiches.

— Je n'ai pas déjeuné avec lui parce que je n'avais pas envie de déjeuner avec lui, expliqua-t-il à Dema entre deux bouchées. Mon déjeuner est une chose à laquelle j'attache une grande importance. Je ne tenais pas à le gâcher.

L'après-midi débuta sous le signe de la paperasserie. Dema alla acheter un press-book, dépense que la pile grandissante de coupures de presse sur le Dr Apocalypse rendait nécessaire. L'inspecteur passa une nouvelle série de coups de fil et se plongea dans la lecture d'autres rapports d'enquête. Plus tard, les deux hommes prirent un café.

— Tu sais quoi ? fit Marritt à son jeune collègue. Il m'arrive parfois de me demander comment je réagirais si je me trouvais face à face avec le Dr Apocalypse en chair et en os. C'est un meurtrier, ce type, un véritable monstre. J'ai déjà affronté des tueurs, mais aucun de son espèce... (Quelques secondes de silence, puis :) Nous en sommes à cinq femmes zigouillées. Si jamais il y en a une sixième, ce sera la panique dans New York. (Le téléphone sonna. Marritt décrocha.) Ici le 20e commissariat.

— Richard ? Keegan, de l'anthropométrie.

— Quoi de neuf ?

— La carte numéro 2... celle qu'Hannah Wade t'a remise. Les empreintes digitales collent.

— Que veux-tu dire par là ?

— C'est lui. Ce sont les empreintes du Dr Apocalypse.

*

En dépit de son penchant pour la propreté, Hannah n'aimait pas passer l'aspirateur. Faire la vaisselle, parfait. Faire le lit et la lessive, bon. Mais c'était sans empressement aucun, et pas plus d'une fois par mois, qu'elle se servait de l'aspirateur. Aujourd'hui était précisément le jour fatidique et tout en le passant, elle laissait ses pensées vagabonder. Il fallait qu'elle soit au studio d'ici une heure pour une leçon à des petites de cinq ans. Les gamines de cet âge ne dansent pas à proprement parler ; elles sautillent au rythme de la musique. Et puis, après ce cours...

Le téléphone sonna.

Sonna encore.

Hannah ne savait pas au juste combien de fois il avait sonné. Le bruit de l'aspirateur avait pu l'empêcher d'entendre les premières sonneries. Elle se précipita dans la chambre pour répondre.

— Miss Wade ? Ici Richard Marritt, de la police municipale.

— Oui ?

— Il y avait deux empreintes digitales sur la carte que vous nous avez remise. Elles se recoupent. (Hannah s'efforçait non sans mal de reprendre sa respiration.) Miss Wade ? Vous êtes toujours là ?

— Oui.

— Une fois vos empreintes éliminées, il en est resté deux autres. Et elles correspondent toutes les deux à celles du Dr Apocalypse. (Les mains d'Hannah se mirent à trembler.) Nous recherchons Kyle Howard, entendit-elle le policier lui dire. Il n'est pas chez lui. Auriez-vous une idée de l'endroit où il pourrait être ?

— Je crois... Il travaille dans une librairie. Elle s'appelle Omnibus.

— Comment ça s'écrit ?

— O-m-n-i-b-u-s. C'est au coin de Broadway et de la 10e Rue... quelque chose comme ça.

Il y eut un silence pendant que l'inspecteur notait le nom et l'adresse.

— Je vais à sa librairie, Miss Wade. Ne bougez

pas de chez vous tant que je ne vous aurai pas recontactée. Et ne laissez pas entrer Kyle Howard.

Il y eut un déclic. Hannah se retrouva seule. Vraiment, ça ne tournait pas rond dans sa tête, car sa première pensée fut : « Je suis bien obligée de sortir ; j'ai une leçon dans moins d'une heure. » Tu n'as qu'à l'annuler, espèce de gourde ! Elle reprit l'appareil pour avertir le studio que les cours n'auraient pas lieu. Puis elle se rendit dans la cuisine. Arrivée là, elle se demanda ce qu'elle y faisait et ce qu'elle qu'elle était venue chercher. Tout ce qu'elle savait, c'était qu'elle avait ouvert la porte du frigo. Calme-toi, se dit-elle. Ne perds pas ton sang-froid. Que faire ? Eh bien, ce qu'elle faisait toujours lorsque ça n'allait pas et qu'elle avait besoin d'aide. Elle décrocha le téléphone et appela Fergy.

Il était à son travail. Mais quand Hannah lui eut dit ce qui se passait et qu'elle avait une peur bleue, il lui promit de laisser tout tomber et de s'amener illico.

*

La voiture pie fonçait dans la 11e Avenue, sirène hurlante et gyrophare rouge clignotant. Marritt et Dema étaient assis à l'arrière.

— Reprenons, dit Marritt. Tout ce que je veux, ce sont les empreintes de ce type.

— Sans mandat ?

— Ne te bile pas pour ça. J'en fais mon affaire.

— Je ne comprends pas. Pourquoi ne pas tout simplement l'arrêter ?

— Parce que si jamais on se trompe de client, la presse va se déchaîner.

Le chauffeur prit le virage de la 14e Rue.

— Arrêtez la sirène, lui ordonna Marritt. Moins on attirera l'attention, mieux cela vaudra.

8e Avenue... Avenue des Amériques... 5e Avenue... University Place... La voiture s'arrêta à l'angle de Broadway et de la 10e Rue. Marritt descendit et, presque en courant, entra dans la librairie. Dema le suivit. Des rangées apparemment interminables de bouquins s'alignaient sur des étagères, du sol au plafond. Des pancartes délimitaient les différents rayons : HISTOIRE, LITTÉRATURE, RELIGION, MUSIQUE, SCIENCES POLITIQUES, etc.

Marritt jeta un coup d'œil circulaire. Kyle Howard, qui portait une chemise écossaise, se tenait derrière une caisse enregistreuse à côté de la porte.

— C'est lui, souffla l'inspecteur à Dema. Reste là. Ne le perds surtout pas de vue.

Marritt s'approcha de trois grandes tables sur lesquelles étaient exposés des kyrielles de livres qu'il examina. Celui-ci ? Bof. Celui-là ? Peut-être. Non. Non.

L'un de ces bouquins, qui avait pour titre *La Cathédrale fantôme,* attira son regard. Une jaquette blanche et nette en papier. Il s'en empara, prit une profonde inspiration, expira lentement et se dirigea vers un coin isolé au fond du magasin. Il sortit alors son mouchoir et essuya la jaquette du livre puis, tenant celui-ci par les bords, il revint sur ses pas. Il y avait deux caisses et deux files d'attente. Le cœur battant, il prit place au bout de celle qui s'allongeait devant la caisse de Kyle. Ce dernier n'avait pas l'air d'un criminel qui tue en série, mais c'était l'impression que cinq femmes avaient eue, elles aussi.

La file d'attente avançait lentement. Ce fut enfin le tour de l'inspecteur.

Kyle leva la tête. Les regards des deux hommes se croisèrent. Marritt lui tendit le livre.

— Ça fait dix dollars soixante-quinze.

Sans mot dire, le policier tira onze billets d'un dollar de son portefeuille. Kyle les prit, ouvrit le tiroir-caisse dont le timbre retentit et lui rendit la monnaie. Puis, sans émotion apparente, il glissa le livre dans un sac en plastique et le restitua à Marritt.

Serrant sa prise contre lui, Marritt rejoignit Dema.

— Tu ne bouges pas, lui dit-il. Moi, je file au labo. Ne laisse pas Kyle Howard sortir du magasin.

— Et s'il essaie, qu'est-ce que je fais ?

— Tu l'interpelles pour l'interroger. Tu n'auras qu'à trouver un prétexte.

— Chapeau pour la technique avec laquelle tu lui as pris ses empreintes, Richard. C'est du beau boulot.

— N'est-ce pas ? Encore une chance que je sois du bon côté de la loi.

Sur ce, Marritt sortit du magasin.

Dema demeura planté devant le mur. Une jeune

femme aux longs cheveux châtains ramenés en chignon sortit de la réserve et s'avança vers les caisses.

— Pause-café, dit-elle à Howard.

Celui-ci lui céda la place, décocha un coup d'œil à Dema et disparut dans la réserve, dont la porte se referma.

22

— Salut, Banana.

Hannah, debout dans l'encadrement de la porte d'entrée, sourit à Fergy.

— Je suis contente que tu sois là.

— Moi aussi. On dirait que tu as besoin d'un ami.

— Plus que d'un ami. Je suis dans tous mes états. J'ai peur. (Elle se rendit alors compte qu'ils étaient toujours plantés sur le seuil.) Mais entre donc.

Le soleil de cette fin d'après-midi dessinait des rais de lumière sur le parquet du séjour. Ils prirent place sur le divan.

— Je ne sais pas, s'entendit dire Hannah. Vraiment, je ne sais plus où j'en suis. Kyle... le Dr Apocalypse... jadis... maintenant. Ces dernières semaines, tout a basculé. Je me suis mise à penser à des choses qui remontaient à des années, à regretter de ne pas avoir mené ma barque autrement, à me dire qu'il y a belle lurette que j'aurais dû m'attaquer à mes problèmes pour les résoudre, et puis, je me dis que je ne peux rien faire en ce qui concerne le passé. Je ne peux rien changer aux événements de la journée d'hier, encore moins à ceux d'il y a dix ans, et je me dis qu'il vaut quand même mieux prendre le taureau par les cornes maintenant que jamais.

— Et où est ma place là-dedans ?

— Où tu voudras. Nous ne sommes plus tellement jeunes ni l'un ni l'autre, Fergy. Si, tous les deux, nous nous... Comment ai-je fait pour me flanquer dans un pareil pétrin ? Ce que je dis n'a aucun sens, n'est-ce pas ?

— Je ne sais pas. Continue.

— Ce que j'essaie de dire, c'est que si on a une liaison, on fera tous les deux le maximum pour qu'elle ait vraiment un sens. Et même si tu m'aimes, peut-être que, je ne m'aime pas moi-même. Mais si on essaie tous les deux...

Et alors, Hannah se rendit compte que c'était stupide de parler, parce qu'elle regardait Fergy, l'adorait comme ami et que ça risquait de marcher s'ils devenaient amants. Qui sait ? Elle lui décocha un regard énigmatique et l'enlaça. Il leur était déjà arrivé de s'embrasser, mais jamais de cette façon, pas même la veille au soir quand ils avaient échangé leur premier vrai baiser. Et Hannah se disait que quelque chose de bien pourrait peut-être sortir de ce cauchemar qu'elle avait vécu.

— Fergy, faisons l'amour.

Et, le prenant par la main, elle l'entraîna dans la chambre. Celle-ci était plus petite que dans le souvenir de Fergy. Et elle était décorée avec goût. Elle lui fit penser à de la dentelle et à des fleurs. La fenêtre ouverte laissait entrer un soupçon de brise. Les mains de Fergy se mirent à trembler.

— Ça va ?

— Ça va, Banana. C'est impressionnant.

Hannah entreprit de déboutonner la chemise de Fergy. D'un mouvement d'épaules, il la fit glisser à terre.

— A ton tour.

Levant les bras, elle retira son pull, dévoilant ses seins qui gonflaient son soutien-gorge. Ils s'approchèrent du lit en continuant à se dévêtir.

Ils étaient maintenant entièrement nus. Fergy leva le bras et sa main effleura la joue d'Hannah. Il était plus large de carrure qu'elle ne le croyait, un peu plus lourd, plus musclé également. Il la regardait d'une manière qui la rendait nerveuse sans qu'elle sût pourquoi.

— Si on décrochait le téléphone ? proposa-t-il.

— D'accord.

— Hannah, je crois que je suis amoureux de toi.

— C'est très curieux.

— Curieux mais merveilleux. Le cœur a ses raisons que la raison ne connaît pas.

Hannah sourit. Elle sourit parce que cette phrase sonnait bien et qu'elle se rappelait qu'il l'avait déjà prononcée... dans le parc, après la fuite de Kyle trois jours auparavant. Où qu'il fût, si Kyle découvrait que Fergy et elle couchaient ensemble...

Le cœur a ses raisons... Hannah commença à jouer avec ces mots dans son esprit. Kyle était l'expéditeur des roses ; ça, elle le savait. Les empreintes étaient les siennes ; forcément. Le cœur a ses raisons... Elle essaya d'épeler les initiales mais c'était difficile parce que ça tourbillonnait dans sa tête... Le cœur... L.C. Le cœur a ses raisons... L.C.A.S.R. Qu'y avait-il ensuite ? Les empreintes de Kyle étaient sur la carte... Non. Marritt avait dit que les empreintes du Dr Apocalypse étaient sur la carte. Et il y avait les empreintes de Fergy sur la carte, celle de juin, parce qu'elle la lui avait montrée le soir où ils avaient feuilleté ensemble son annuaire de promotion. Donc, les empreintes de Fergy étaient sur la carte. Et que lui avait donc dit l'inspecteur Marritt au téléphone ? « Il y avait deux empreintes digitales sur la carte que vous m'avez remise. Elles se recoupent. » Pas une qui correspond et l'autre pas : toutes les deux correspondaient à celles du Dr Apocalypse. Par conséquent, c'était le Dr Apocalypse qui avait écrit L.C.A.S.R.Q.L.R.N.C.P. C'est-à-dire le parfait acronyme de la phrase que Fergy venait de prononcer pour la seconde fois en trois jours... « Le cœur a ses raisons que la raison ne connaît pas. »

Hannah sentit sa gorge se nouer.

Il y avait dans les yeux de Fergy une expression qui l'épouvanta.

*

Brandissant son insigne, Marritt passa sans s'arrêter devant l'agent de faction et traversa coudes au corps le vestibule du bâtiment de l'Académie de Police. L'attente devant l'ascenseur lui parut interminable. Enfin, une sonnerie grésilla et les lourdes portes d'acier coulissèrent. Deuxième étage... Troisième... Le policier sortit de la cabine au huitième, tourna à droite et enfila un large couloir. Danny Keegan l'attendait à la porte du service de l'anthropométrie.

— Danny, je t'apporte un bouquin qui porte des empreintes. Je voudrais que tu les vérifies, et en vitesse.

Keegan prit le sac en plastique que lui tendait Marritt et jeta un coup d'œil sur son contenu.

— O.K. Accorde-moi dix minutes et tu auras le résultat.

Les deux hommes prirent un autre couloir qui aboutissait à une pièce de trois mètres sur six au lino éraillé et aux murs gris d'une propreté douteuse. Une longue table métallique était adjacente à la porte en face de laquelle s'alignaient des classeurs. Danny prit un flacon posé sur la table et le leva à bout de bras.

— C'est de la gélatine — le fin du fin de la technologie.

— Sois sérieux, Danny. Ce n'est pas le moment de rigoler.

Le technicien désigna une sorte de bocal :

— Ça, c'est un dessicateur. A l'intérieur, tu peux voir des tampons de coton imbibés d'hydrate de sodium. (Keegan souleva le couvercle et versa sur le coton la valeur d'une cuillerée du liquide. Des vapeurs blanches commencèrent à s'élever.) L'agent actif de ce genre de produits est l'acrylate de cyanure. L'hydrate de sodium passe à l'état gazeux et se fixe alors sur les molécules d'oxygène qu'ont laissé les doigts d'un individu.

Marritt avait les yeux qui commençaient à le picoter. Keegan ôta la jaquette du livre et la mit dans le dessicateur dont il referma ensuite le couvercle.

— Ne reste pas au-dessus. Ces vapeurs ne sont recommandées ni pour les muqueuses ni pour les yeux.

Cinq minutes s'écoulèrent. Marritt se balançait nerveusement d'un pied sur l'autre.

— C'est lui, Dan, j'en mettrais ma main à couper. Le type qui m'a emballé ce livre est le Dr Apocalypse.

Encore quatre minutes à patienter... trois... deux et demie... Enfin, Keegan souleva à nouveau le couvercle et plongea la main à l'intérieur du dessicateur.

— Voilà, Richard. Nous avons maintenant là les contours plastifiés des empreintes digitales de ton bonhomme. Il ne reste plus qu'à mettre de la poudre dessus et elles deviendront visibles.

A l'aide d'un pinceau, il badigeonna la jaquette du

livre d'une poudre noire. Une série d'empreintes ne tardèrent pas à apparaître.

— Eh bien, à en juger par ce que je vois là, nous avons au moins une douzaine d'empreintes quasiment parfaites, fit Keegan d'un ton assuré. Les deux pouces, un auriculaire... huit ou neuf doigts différents. Passe-moi l'adhésif.

Marritt le lui tendit. Keegan prit une longueur de l'adhésif transparent, le posa sur la première empreinte en haut à droite de la jaquette, appuya, puis colla le fragment du ruban sur un carton épais. Soigneusement, il renouvela l'opération à onze reprises.

Il disposait maintenant de douze cartons portant chacun une empreinte.

— Neuf doigts différents, annonça-t-il à Marritt. Il te manque juste un petit doigt. On va les comparer avec ceux du Dr Apocalypse.

Le cœur de l'inspecteur commença à battre très fort dans sa poitrine. Keegan prit les jeux d'empreintes relevées au domicile des cinq jeunes femmes assassinées.

— Ce n'est pas lui.

— Qu'est-ce que tu racontes ?

— Regarde toi-même, Richard. Ce n'est pas lui. Les verticilles des pouces du tueur sont différents. Tout comme la boucle à gauche de l'annulaire droit. Il n'y pas de concordance. Avec aucune des empreintes.

— Mais il est impossible que ce ne soit pas lui !

— Crois-moi, Richard. Le type que tu as vu cet

après-midi a laissé des empreintes partout sur ce bouquin. A moins qu'il ait vingt doigts, ce n'est pas le Dr Apocalypse.

Un planton fit son entrée dans la pièce.

— Inspecteur Marritt ?

— Qu'est-ce qu'il y a ? grommela l'interpellé.

— On vous demande au téléphone, inspecteur. Il y a eu un nouveau meurtre. (Marritt dut faire un effort sur lui-même pour conserver son impassibilité.) 40e Rue Ouest. Une dénommée Dora Chapman. Le corps a été découvert il y a une heure. (Garde ton sang-froid, s'adjura Marritt. Ne te laisse pas aller.) Le chef de la police veut vous parler tout de suite, inspecteur.

— Dites-lui que je n'ai pas le temps. Il faut que j'aille parler d'une rose morte à quelqu'un.

*

Hannah était assise, nue, au bord du lit. Fergy se tenait entre elle et la porte.

— Les roses, c'était toi.

— Comment ?

— C'est toi qui as envoyé les roses. Le cœur a ses raisons que la raison ne connaît pas.

— Mais c'est idiot, Hannah.

— Oh non.

— N'importe qui pourrait dire ça. C'est une pensée de Blaise Pascal, un philosophe du XVIIe-siècle.

— Pascal est mort depuis trois cents ans. Ce n'est

pas lui qui m'a envoyé ces roses. (Ne laisse pas voir ta peur. Affronte-le carrément.) Je t'ai percé à jour, Fergy. Je sais qui tu es.

— Et à quoi attribues-tu ce comportement bizarre ?

— Il n'est pas bizarre.

— Soit. Je vais formuler ma question autrement. Et sans point d'interrogation. Tu dis des choses qui ont des implications très malsaines.

— Vraiment ? Parle-moi des femmes, Fergy.

— Je ne comprends pas.

— Parle-moi des femmes. Que penses-tu d'elles ?

— Je ne sais pas... J'aime les femmes.

— Si tu devais tuer quelqu'un, qui choisirais-tu ? Un homme ou une femme ?

— Tu es stupide.

— Je présume qu'il te serait plus facile de tuer une femme. Nous sommes plus vulnérables que les hommes. Mais je ne me tracasse pas ; parce que je suis nue et que le Dr Apocalypse ne tue que des femmes tout habillées. Regarde-moi, Fergy. Regarde mon corps. (Le fait de parler sans hausser le ton lui permettait de rassembler ses forces.) Regarde-moi, Fergy. Pourquoi baisses-tu les yeux ? Regarde mon corps.

— Hannah, ce petit jeu me déplaît.

— Je regrette, Fergy, mais tu sais comment sont les gens. Ils font les choses les plus inattendues. Quand on pénètre dans l'esprit de quelqu'un, on ne peut jamais savoir ce qu'on découvrira.

— Arrête !

— Je ne peux pas. Quelque chose me pousse. Ça, tu devrais le comprendre. (Il perdait contenance.) Et c'est drôle, Fergy. Tout ce que j'ai entendu dire des gens comme toi est vrai. Il n'y a pas moyen de savoir qui vous êtes.

Le ronfleur de l'interphone vibra dans le séjour.

— Reste là, Fergy. Je reviens dans un instant.

Fergy, les yeux baissés, comme halluciné, s'agrippa au bord du lit. Hannah se leva et gagna la porte. A présent, elle aurait pu se précipiter toute nue hors de l'appartement, mais à quoi bon ? Fergy ne constituait pas une menace. Plus maintenant.

— Oui ? fit Hannah en appuyant sur le bouton de l'interphone.

— Richard Marritt, Miss Wade. J'aimerais vous parler.

Hannah actionna la commande d'ouverture de la porte du hall de l'immeuble.

— Ne t'inquiète pas, Fergy. J'arrive tout de suite.

Dix secondes... vingt...

Les pas de Marritt résonnèrent dans l'escalier.

SÉRIE NOIRE

Dernières parutions :

1951. — LES ÉCOLOS SONT LES PIGEONS .... *William Campbell Gault*
1952. — HONEY MONEY .... *Tito Topin*
1953. — ON M'A VOLÉ MON ANGE .... *E. V. Cunningham*
1954. — SA MAJESTÉ LE FLIC .... *Raf Vallet*
1955. — LA MILICE DES FOUS .... *John Wainwright*
1956. — LE GÉANT INACHEVÉ .... *Didier Daeninckx*
1957. — LES YEUX POUR PLEURER .... *Mark Sadler*
1958. — SI ED MCBAIN M'ÉTAIT CONTÉ .... *Ed McBain*
1959. — LA MORT EST SANS REMÈDE .... *Max Allan Collins*
1960. — RHAPSODIE EN JAUNE .... *Didier Cohen*
1961. — U.S. GO ROME .... *Richard Oliver Collin*
1962. — LE GRAND NOIR ET LE PETIT BLANC .... *Edmund Naughton*
1963. — L'ORAGE NE VIENT JAMAIS SEUL ...... *Mickey Friedman*
1964. — BALLON MORT .... *Marc Villard*
1965. — PRIÈRE D'INCINÉRER .... *Bill Pronzini*
1966. — LE QUAI DES EAUX TROUBLES .... *Ted Wood*
1967. — LES MOIS D'AVRIL SONT MEURTRIERS ... *Robin Cook*
1968. — NOUS AVONS BRÛLÉ UNE SAINTE ...... *Jean Bernard Pouy*
1969. — LA TERRE DU BOURREAU .... *Bill Pronzini*
1970. — TU PAIES UN CANON ? .... *John Crosby*
1971. — MEURTRES À L'AMIABLE .... *Lawrence Block*
1972. — LA QUEUE DU LÉZARD .... *Philippe Conil*
1973. — FAUT PAS FANTASMER COMME ÇA ..... *Mark Schorr*
1974. — L'AMOUR EN MIETTES .... *Jean-Paul Demure*
1975. — L'AQUARIUM AUX SIRÈNES .... *Lawrence Block*
1976. — CONTES DES 9 ET 1 NUITS .... *Les Heureux Lauréats*
1977. — NE FAIS PAS À AUTRUI .... *Arthur Lyons*
1978. — GANGRÈNE .... *Emmanuel Errer*
1979. — DOPE À DETROIT .... *Loren D. Estleman*
1980. — SI T'AS PEUR, JAPPE .... *Marie & Joseph*
1981. — LA SOURIS DÉGLINGUÉE .... *Henry Bromell*
1982. — TCHATCHA NOUGA .... *Tito Topin*
1983. — BASE-BALL BOUM .... *R. B. Parker*
1984. — SALUT LES COQUINS .... *Raf Vallet*
1985. — DIEU A TIRÉ LE PREMIER .... *Pete Hamill*
1986. — LE DER DES DERS .... *Didier Daeninckx*
1987. — LES HÉROS ET LES SALAUDS .... *Anthony Burton*

1988. — COTE SANGUINE ... *M. J. Naudy*
1989. — LES PNEUS DANS LE PLAT ... *Don Flynn*
1990. — TRAÎTRES TROPIQUES ... *Jean-Charles Fauque*
1991. — ON NE CHEVAUCHE PAS LES TIGRES ... *Jack Gerson*
1992. — HUIT MILLIONS DE MORTS EN SURSIS ... *Lawrence Block*
1993. — À COUPS DE GOUPILLON ... *R. B. Parker*
1994. — LE MANTEAU DE SAINT MARTIN ... *Joseph Bialot*
1995. — LE TUEUR DU DIMANCHE ... *José Giovanni*
1996. — ÇA NOUS FEND LE CŒUR ... *Teri White*
1997. — DES FOIS ÇA MORD ... *Lawrence Block*
1998. — LE JAP SE DÉBRIDE ... *E. V. Cunningham*
1999. — NOYADE INTERDITE ... *Andrew Coburn*
2000. — LA BÊTE ET LA BELLE ... *Thierry Jonquet*
2001. — FAISANS ET MALFAISANTS I ... *Max Allan Collins*
2002. — FAISANS ET MALFAISANTS II ... *Max Allan Collins*
2003. — UN TAXI POUR LAS VEGAS ... *Mark Schorr*
2004. — AU BONHEUR DES OGRES ... *Daniel Pennac*
2005. — LES MAUVAIS ANGES FONT DU ZÈLE ... *Peter Dunant*
2006. — LA CUEILLETTE DES MORTS ... *Michael T. Hinkemeyer*
2007. — AU BALCON D'HIROSHIMA ... *Jean Amila*
2008. — LE MAUSOLÉE DE LA VENGEANCE ... *Bill Pronzini*
2009. — MÉTROPOLICE ... *Didier Daeninckx*
2010. — LE DIAMANT ORPHELIN ... *William Irish*
2011. — PRUNEAUX D'AGENTS ... *Eric Kristy*
2012. — FUGUE POUR UN SURDOUÉ ... *Jeremiah Healy*
2013. — SUZANNE ET LES RINGARDS ... *Jean-Bernard Pouy*
2014. — LE GROS COUP ... *Lesly Andress*
2015. — LE TOUTOU DU PRÉSIDENT ... *Stuart M. Kaminsky*
2016. — MOURIR À BEVERLY HILLS ... *Gerald Petievich*
2017. — LE TREIZIÈME MÔME ... *Philippe Conil*
2018. — LA GRANDE ROUE DE BRAHMA ... *Mickey Friedman*
2019. — LE BOIS DE JUSTICE ... *John Wainwright*
2020. — LE SENTIER DE LA GUERRE ... *Marc Villard*
2021. — DU SANG SUR L'AUTEL ... *Thomas H. Cook*
2022. — PROUVEZ-LE ... *Frédéric Fossaert*
2023. — VOIR LOS ANGELES ET MOURIR ... *Gerald Petievich*
2024. — LA MAISON DES PÉRILS ... *Richard Stevenson*
2025. — LA GRANDE ARPENTE DES CHAMPS D'EN BAS ... *Marie & Joseph*
2026. — LES RAVAGES DE LA NUIT ... *Joseph Hansen*
2027. — SECOUE-TOI, SHÉRIF ! ... *D. R. Meredith*

2028. — LORFOU . . . . *Georges Patrick*
2029. — À BAS LES TOURISTES . . . . *Roderick Cooper*
2030. — UN MAUVAIS MOMENT À PASSER . . . . . . *Gordon McGill*
2031. — FANTÔMES EN FLAMMES . . . . *Bill Pronzini*
2032. — SHANGHAÏ SKIPPER . . . . *Tito Topin*
2033. — LA MORT DANS L'ART . . . . *Jack Early*
2034. — LA BELLE DAME DANS UN VIOLON . . . . . *Jean-Paul Demure*
2035. — ADIEU LA VIE . . . . *J.-P. Bastid et M. Martens*
2036. — GARE AU BON SAMARITAIN . . . . *Jerry Oster*
2037. — LA TOUR, PRENDS GARDE . . . . *Paul Kinnet*
2038. — LA TRAVERSÉE DES ENFERS . . . . *Bill Pronzini & John Lutz*
2039. — LE MACCHAB DE MA TANTE . . . . *Albert Ashforth*
2040. — AU MALÉFICE DU DOUTE . . . . *John Wainwright*
2041. — PAS SI POURRI QUE ÇA . . . . *T. N. Murari*
2042. — LA PÊCHE AUX ANGES . . . . *Jean-Bernard Pouy*
2043. — LA CAVE AUX ICÔNES . . . . *Loren D. Estleman*
2044. — UNE MINE ÉPATANTE . . . . *Bill Pronzini*
2045. — UN FLINGUE PEUT EN CACHER UN AUTRE *Max Allan Collins*
(III. — Faisans et malfaisants)
2046. — LE GRAND PATRON A EU LA TROUILLE . . *Max Allan Collins*
(IV. — Faisans et malfaisants)
2047. — ONDES DE CHOC . . . . *Ross Thomas*
2048. — MEURTRE SUR L'HUDSON . . . . *Don Flynn*
2049. — COMMENT VIVENT LES MORTS . . . . *Robin Cook*
2050. — LE SEIGNEUR DE MAKÉNI . . . . *Gérard Lecas*
2051. — LA MORT DANS SES MEUBLES . . . . *John Lutz*
2052. — LA POUPÉE ASSASSINÉE . . . . *Nan Hamilton*
2053. — FOLIES DE FLIC . . . . *Georges Patrick*
2054. — SOUS LES AILES DE L'AIGLE . . . . *Robert B. Parker*
2055. — L'ORCHESTRE DES OMBRES . . . . *Tom Topor*
2056. — VIRUS EN TOUS GENRES... . . . . *Michael Collins*
2057. — AU TAPIS . . . . *Stuart M. Kaminsky*
2058. — IL NEIGE DU SANG . . . . *Ted Wood*
2059. — POULETS ET PERROQUETS . . . . *Julius A. Lion*
2060. — DE BRIC ET DE BROC . . . . *Marcia Muller*
2061. — LE BOURREAU ET SON DOUBLE . . . . *Didier Daeninckx*
2062. — PHOTO MAGOUILLE . . . . *Walter Walker*
2063. — ON TRAFIQUE ? . . . . *Doug Hornig*
2064. — UN CRÂNE EMPAILLÉ . . . . *Bill Pronzini*
2065. — TOUS LES DAMNÉS ONT FROID . . . . *Richard Stevenson*
2066. — LE MANOIR DES IMMORTELLES . . . . *Thierry Jonquet*
2067. — LES PUCES TUENT . . . . *Marcia Muller*

2068. — UN CHAMP DE VICTIMES . . . . *Collin Wilcox*
2069. — TOUTES LES ROSES SONT MORTELLES . . . *Loren D. Estleman*
2070. — LA POLICE DES POLICES . . . . *Nat Hentoff*
2071. — TOUT NEW YORK EN OTAGE . . . . *Walter Wager*
2072. — UN LINCEUL POUR LE VERSEAU . . . . . . *Max Allan Collins*
2073. — LE FACTEUR CRÉSUS . . . . *E. V. Cunningham*
2074. — ON TUE ET TU PAIES . . . . *Barbara Paul*
2075. — PUNCH AU SANG . . . . *Christian Poslaniec*
2076. — UN TROP BEL INNOCENT . . . . *John Lutz*
2077. — SOUS LE SCEAU DU PHÉNIX . . . . *Mickey Friedman*
2078. — LES PAUPIÈRES LOURDES . . . . *Barbara Paul*
2079. — SQUARE DU CONGO . . . . *Marie & Joseph*
2080. — UNE CHOUETTE FAMILLE . . . . *Doug Hornig*
2081. — LA GUERRE N'EST JAMAIS FINIE . . . . . . *Teri White*
2082. — AIX ABRUPTO . . . . *Jean-Paul Demure*
2083. — L'HOMME TRANQUILLE EN PÉTARD . . . . *Stuart M. Kaminsky*
2084. — LA MOUCHE ET L'ARAIGNÉE . . . . *Frank Parrish*
2085. — LA FÉE CARABINE . . . . *Daniel Pennac*
2086. — UN COUP AU CŒUR . . . . *Hansjörg Martin*
2087. — LE PORTRAIT DE L'ARTISTE EN TUEUR . . *Barbara Paul*
2088. — VOUS PARLEZ D'UNE RIGOLADE . . . . . . *Earl W. Emerson*
2089. — JOUJOUX SUR LE CAILLOU . . . . *A.D.G.*
2090. — LE JONGLEUR . . . . *Ian Kennedy Martin*
2091. — CONEY ISLAND CASINO . . . . *Robert B. Gillespie*
2092. — LA CHAIR ET LE POGNON . . . . *Robert B. Parker*
2093. — LE ROI, SA FEMME ET LE PETIT PRINCE . . *Marc Villard*
2094. — LES TRUANDS DU TEMPLE . . . . *Julius A. Lion*
2095. — MASSACRES THAÏLANDAIS . . . . *Tony Kenrick*
2096. — FAITES VOS JEUX ! . . . . *Loren D. Estleman*
2097. — QUEL SAC D'EMBROUILLES ! . . . . *Marvin Albert*
2098. — L'HOMME À L'OREILLE CROQUÉE . . . . . *Jean-Bernard Pouy*
2099. — FAUT PAS POUSSER ! . . . . *Bill Pronzini*
2100. — VOUS PARLEZ D'UN MÉTIER ! . . . . *Jonathan Valin*
2101. — JAZZ BELLE . . . . *Marie et Joseph*
2102. — TRAQUE À LA MEXICAINE . . . . *Richard Harper*
2103. — LES PIEDS SUR TERRE . . . . *Marvin Albert*
2104. — LA CAMÉRA VOIT ROUGE . . . . *George Kennedy*
2105. — LES LAMENTATIONS DE JEREMIAH . . . . . *Teri White*
2106. — LE BLUES DES ALCOOLOS . . . . *Lawrence Block*
2107. — CIRCULEZ ! . . . . *Eric Kristy*
2108. — LA CHASSE AUX NYMPHETTES . . . . *J. A. Jance*
2109. — LUMIÈRE NOIRE . . . . *Didier Daeninckx*

Prochain volume à paraître :

LES GRANDS CLASSIQUES
DE LA SÉRIE NOIRE SONT DÉSORMAIS
RÉIMPRIMÉS DANS

CARRÉ NOIR

COLLECTION À COUVERTURE
ILLUSTRÉE

Dernières parutions :

531.	Kenneth Millar	*A feu et à sang.*
532.	Lawrence Block	*Y a qu'à se baisser.*
533.	Hervé Jaouen	*La chasse au merle.*
534.	John D. MacDonald	*Strip tilt.*
535.	M. E. Chaber	*Voué au blanc bleu.*
536.	William Campbell Gault	*La prise du boa.*
537.	Clark Howard	*Meurtre sous la loupe.*
538.	Harry Whittington	*Le chant de l'alligator.*
539.	Chute Verne	*Maldonne.*
540.	Robert Destanque	*Le serpent à lunette.*
541.	John D. MacDonald	*L'encadré.*
542.	Francis Ryck	*Incognito pour ailleurs.*
543.	John Craig	*La malle et la belle.*
544.	Tony Kenrick	*Trois petits soldats.*
545.	A. D. G.	*La divine surprise.*
546.	Ed McBain	*Flouze.*
547.	John D. MacDonald	*La tête sur le billot.*
548.	Joseph Bialot	*Le salon du prêt-à-saigner.*
549.	Jérôme Charyn	*Zyeux-bleus.*
550.	Clark Howard	*Une lance.*
551.	Hervé Jaouen	*Pleure pas sur ton biniou.*
552.	John D. MacDonald	*Maîtresse à bord.*
553.	Charles Williams	*Ont-ils des jambes ?.*

554.	A.D.G.	*La marche truque.*
555.	W. R. Burnett	*La tête de lard.*
556.	Ed McBain	*Envoyez la fumée.*
557.	John D. MacDonald	*Bonne pâte.*
558.	Emmanuel Errer	*L'envol des corneilles.*
559.	Joseph Hansen	*Un blond évaporé.*
560.	Bill Pronzini	*Fausse clé.*
561.	P. J. Wolfson	*À nos amours.*
562.	J.-P. Manchette	*La position du tireur couché.*
563.	Clinton Seeley	*La peur blanche.*
564.	Gil Brewer	*La machine à découdre.*
565.	Jérôme Charyn	*Kermesse à Manhattan.*
566.	A.D.G.	*Notre frère qui êtes odieux…*
567.	Jean Amila	*Contest-flic.*
568.	Frederic Brown	*La belle et la bête.*
569.	Don Tracy	*Un bloc de haine.*
570.	John Trinian	*Le métier dans le sang.*
571.	Jean Amila	*Terminus Iéna.*
572.	Raoul Whitfield	*La mort du maestro.*
573.	Tucker Coe	*Le poster menteur.*
574.	Ned Crabb	*La bouffe est chouette à Fatchakulla.*
575.	Lawrence Block	*Beau doublé pour Tanner.*
576.	Charles Williams	*Péri en mer.*
577.	Gilles Chenaille	*Le maître du jeu.*
578.	Carter Brown	*Un brin d'apocalypse.*
579.	Carter Brown	*Du feu par les naseaux.*
580.	Carter Brown	*Une blonde à l'eau.*
581.	Carter Brown	*Sens interdits !*
582.	Carter Brown	*On demande une victime.*
583.	Carter Brown	*Le diable incarné.*
584.	James Hadley Chase	*Chambre noire.*

Impression Bussière à Saint-Amand (Cher),
le 13 avril 1988.
Dépôt légal : avril 1988.
Numéro d'imprimeur : 3879.
ISBN 2-07-049137-4. Imprimé en France

43405

Mike Horn

Né en 1966 à Johannesburg, Mike Horn obtient un diplôme de science du mouvement humain à l'université de Stellenbosch. Il quitte l'Afrique du Sud en 1990 pour voyager en Europe où il travaille d'abord en tant qu'instructeur de ski et guide de rafting et canyoning. Depuis, il multiplie les exploits inédits. Il a descendu l'Amazone à la nage, a fait le tour du monde en suivant la ligne de l'équateur, a marché le long du cercle polaire arctique et a bravé la nuit hivernale pour rejoindre le pôle Nord. Lancé en mai 2016, son dernier projet (et le plus extrême), « Pole2Pole », avait pour but de relier les deux pôles du Sud au Nord à skis, en kayak, à pied et à bord de son voilier brise-glace. Il s'est achevé le 30 décembre 2019.

Il raconte ses aventures dans ses livres : *Latitude zéro* (2001), *Conquérant de l'impossible* (2005), *À l'école du Grand Nord* (2005), *Objectif : pôle Nord de nuit* (2007), *Vouloir toucher les étoiles* (2015), *L'Antarctique, le rêve d'une vie* (2018), *Libre !* (2019), *Mike Horn : aventurier de l'extrême* (2019), tous chez XO Éditions, et *Survivant des glaces* (Michel Lafon, 2021).

Depuis 2016, Mike Horn anime des émissions sur M6 : d'abord « À l'état sauvage », dans laquelle il accompagne une personnalité pour lui apprendre à survivre sans les hommes, puis « Cap Horn », où une personnalité l'accompagne dans son nouveau défi.

Retrouvez tout l'actualité de l'auteur sur :
www.mikehorn.com